저
절
로 가
는 사
람

■ 이 도서의 국립중앙도서관 출판시도서목록(CIP)은
서지정보유통지원시스템 홈페이지(http://seoji.nl.go.kr)와
국가자료공동목록시스템(http://www.nl.go.kr/kolisnet)에서 이용하실 수 있습니다.
(CIP제어번호: CIP 2015013036)

저절로 가는 사람

강석경

마음산책

저 절로 가는 사람

1판 1쇄 발행 2015년 5월 25일
1판 2쇄 발행 2015년 12월 1일

지은이 | 강석경
펴낸이 | 정은숙
펴낸곳 | 마음산책

편집 | 이승학 · 최해경 · 김예지 · 박선우   디자인 | 이혜진 · 이수연
마케팅 | 권혁준   경영지원 | 이현경

등록 | 2000년 7월 28일(제13-653호)
주소 | (우 04043) 서울시 마포구 잔다리로 3안길 20(서교동 395-114)
전화 | 대표 362-1452 편집 362-1451   팩스 | 362-1455
홈페이지 | http://www.maumsan.com
블로그 | maumsanchaek.blog.me
트위터 | http://twitter.com/maumsanchaek
페이스북 | http://www.facebook.com/maumsanchaek
전자우편 | maum@maumsan.com

ISBN 978-89-6090-224-4 03810

* 책값은 뒤표지에 있습니다.

속세를 떠나 모래바람을 뚫고
나의 한가운데로 걸어가려는 수행자.
당신에게 사막이란 무엇인가.

책머리에

캄캄한 한밤에 천지를 흔들듯 울리던 법고 소리, 태양처럼 존엄하나 자비의 눈길로 굽어보는 부처님, 가사를 걸친 승려들이 수없이 엎드려 지고한 존재 앞에 경배하는 의식과 세속에서 박차 오르는 듯한 염불 소리…… 지상의 것 같지 않은 열락의 광경은 그날부터 내 의식에 붙박였다.

2015년 5월
강석경

차례

먼지까지도 정화시킬 것 같은 여자의 기도는
옆에 있는 것만으로도 나를 감화시켰다.
종교 그 자체 같은 진실의 힘이었다.

화엄의 바다에
갈매기처럼 내려앉아

통도사 화엄산림법회

물 속 에 별 이 보 이 는 데 별 이 아 니 라 물 이
고 해 가 보 이 는 데 해 가 아 니 라 물 이 에 요
우 리 마 음 의 물 에 비 친 그 림 자 는 아 무
리 큰 것 도 작 은 것 도 그 림 자 일 뿐 자 체 가 없 어 요

화엄의 바다에
갈매기처럼 내려앉아
—통도사 화엄산림법회

새해는 해마다 오건만 연말이 되면 공연히 서랍을 뒤져 묵은 수첩과 물건을 정리하고 옷가지를 골라내곤 했다. 연륜이 쌓일수록 일년살이 정리도 부질없어 흘러가는 시간을 맥없이 바라보다 절에 가는 것이 송년 의식이 되었다. 회한도 기쁨도 다 무상無常으로 돌아보면서.

두어 달 전인가, 내가 사는 지방 도시 '예술의전당' 소극장에서 최인호 원작 〈별들의 고향〉 영화를 상영했다. 1970년대를 휩쓸었던 유명 소설이고 영화도 보았지만 흘러간 시대가 감상을 일으켜 다시 보았다. 5년간 암으로 투병했던 작가는 지난가을(2013년) 세상을 떠났다. 젊은 날엔 가끔 문학잡지사에서 보기도 했던 문단 선배인데 별세 소식을 듣자 마음 한 귀퉁이로 모래가 흘러내리는 것 같았다.

15

우리가 사는 별은 어디인가. 슬픔이 널린 밭이었다. 풍선껌을 톡톡 터트리면서 까르르 웃는 '경아', "난 남자 없이는 살 수 없는 여자예요"라며 술에 취해 매달리는 경아, 안인숙의 죄 없는 얼굴은 최선의 캐스팅이었다. 천진한 청춘이 무너져가는 모습을 작가는 저리도 애처롭게 그렸을까. 영화 초반부에 어린 딸을 안고 그네 타는 작가의 모습이 엑스트라처럼 잠시 비치는데, 작가 최인호의 청년기 얼굴은 슬픔 같은 건 모르는 듯 앳되고 장난기가 섞여 있었다.

1970년대 후반기 '문학사상'에서 몇 번 본 최인호 씨 모습이 떠오른다. 소파에 몸을 파묻은 채 다리를 까닥거리며 이어령 선생님과 신이 나서 얘기하던 모습이. 이어령 선생님은 여느 사람들처럼 자신을 어려워하지 않고 다리를 꼬고 마주 앉아 뒤로 넘어갈 듯 웃어대는 최인호 씨를 유달리 좋아했다. 천재성 같은 재치가 반짝였고 허식이라곤 없어서 폼 같은 건 잡지 않았다. 시인 H의 말에 의하면 동생의 여자 친구였던 H와 함께 식사할 때 칼국수에 깻잎을 얹어줄 만큼 자상한 사내 노릇도 했다는데 악동 막내 오빠 같기도 한 이 선배 작가에게 나는 늘 "최인호 씨"라고 불렀다. 당돌해서가 아니라 격식이 어울리지 않아서였다.

〈조선일보〉에 『별들의 고향』을 절찬리에 연재하고 인기 작가가 되자 '호스티스 문학' 따위의 폄하가 따랐다. 그러거나 말거나 작가는 문학에서 엄숙주의를 걷어내고 청년 문화의 기수로서 대중에게 다가섰다. 군부독재 시대라 민중문학이 문단을 주도할 때였다. 그러다 『잃어버린 왕국』 『해신』 같은 역사소설과 『상도』와 같은 대하소설, 불교 소설 『길 없는 길』 등을 30년 이상 거의 강박적일 만큼 쏟아냈다.

2011년 소설 『낯익은 타인들의 도시』를 출간했을 때 이미 그는 암 투병 중이었다. 항암 치료를 받다가 손톱이 빠졌으나 고무 골무를 손가락에 끼우고 매일 원고지 20~30매 분량의 소설을 두 달간 쓰고 완성했다. 당시 나는 한 문학상 심사에 참여했는데 아주 오랜만에 최인호 씨의 장편소설을 읽고 가슴이 먹먹했다. '작가의 말'에 의하면 누군가의 청탁으로가 아닌 스스로의 열망으로 쓴 최초의 장편 수제품이었다. "두 달 동안 줄곧 하루하루가 고통의 축제였다"던 그는 이 소설로 원했던 체질 개선을 했고 재출발하려 했다. 파닥이는 문장과 연극적 기법, 연륜이 배어 있는 종교적 사유는 작가 최인호가 결코 죽지 않았음을 보여주었다. 과대평가받은 작가가 있다면 최인호는 과소평가받은 작가였다. "나의 십자가인 원고지 위에 못 박고 스러지게 하소서"라고 기도했던 가톨릭 신자였지만 그는 경허 선사의 세 상좌 이야기 『할』을 마지막으로 펴내고 68세에 이승을 떠났다. 별들의 고향으로.

영화를 보고 걸어 나오다 하늘을 올려다보니 시야가 흐렸다. 고인 눈물이 앞을 막았고 눈물이라는 걸 알아차리자 차창에 비 흐르듯 얼굴에 번졌다. '경아'가 죽은 1970년대가 먹구름처럼 휘몰려와 청명한 가을 하늘을 덮었다. 먹장구름 아래서 은경이 떠올랐다. 대학 4층 건물 아래서 피 흘리다 죽어간 동생이.

그 아이의 죽음을 처음 전해 들었을 때 아무 현실감이 없었다. 그때는 모든 것이 비현실 같았다. 아버지의 파산과 함께 작은 연못이 있는 한옥이 집달리에게 넘어가고 일곱 식구가 수유리 두 칸짜리 월세방으로 쫓겨 가면서 그 아이의 행동거지가 눈에 띄었다. 재수를 하면서 자주 술 냄새를 피우고 들어왔고 밤늦게 잠자리에서 둘째와 긴 얘기를 소곤거렸다. 가끔 보이지 않기도 했고 한번은 그 아이의 손목에 감긴 붕대가 시선을 잡아끌었다. 둘째에게 물어보니 칼로 그은 상처라고 했다.

청춘의 방황이라는 건 알았지만 심하다는 걸 그때 처음 알았다. 우울증이란 용어도 흔히 쓰지 않을 때였다.

그 아이가 어릴 때 나는 무척 예뻐했다. 반에서 1등을 도맡을 만큼 영특했고 무용소에서도 늘 앞에 세울 만큼 재주가 많았다. 피겨스케이팅도 유망주여서 그 아이를 동대문 실내 스케이트장에 데려가 코치의 훈련을 지켜보곤 했다. 언제부턴가 나는 개인주의자가 되어 나만의 세계에 빠졌고 아버지의 파산 후 네 자매가 한방에 기거하면서 칼끝에 선 것처럼 신경이 위태로웠다. 나만의 방이 없다는 건 연옥이었다. 그 아이는 과 친구에게 "큰언니와 제일 닮았다"고 말했다. 닮은 것이 싫어서 그 아이를 외면했던 큰언니가 바로 나였다. 뜨거운 피를 다스리지 못해 머리 부딪치며 스스로 상처 입는 그 아이의 모습은 예전의 나였다. 정신적 붕괴가 진행되는 가운데 동생은 원하는 대학에 들어갔다. 나는 한숨을 놓고 방심했다. 이제는 방황을 그치겠지 했으나 그 아이는 1년도 채 다니지 않고 청춘의 격심함으로 짧은 삶을 정리했다.

나는 그때 잡지사에 근무하고 있었다. 무엇부터 해야 할지 몰라 멍하니 앉아 있는데 전화가 걸려왔다. 발신자는 동생이

다닌 대학의 학도호국단이라고 밝히며 대뜸 "신문 보셨습니까" 물었다. 봤다고 답하자 "우리 학교의 불명예입니다" 했다. 그날 신문에 기자는 "E여고 출신의 K양은 서울대에 못 간 것을 비관하여"라고 자작 기사를 써 놓았다. 학도호국단은 자존심이 상한다는 듯 말했지만 그들의 ㅅ대학도 좋은 대학으로 꼽히고 있었다. 기사가 그렇게 나감으로써 불명예가 된 것은 오히려 동생이었다. 그 아이가 서울대에 낙방한 건 사실이지만 그것에 목숨을 걸 만큼 바보가 아니었다. 오히려 영민이 병이었다.

나는 수화기를 내려놓으며 혼잣말을 했다. 박통만 파쇼가 아냐. 너희들도 파쇼야. 한 인간이 피 흘리며 죽어갔는데 너희들은 무슨 쓰레기 같은 소리를 해. 그들은 가톨릭 대학에 다니면서 전혀 종교교육을 받지 않았다. 하긴 나도 기독교 대학을 다녔지만 이웃을 사랑하지 못했다. 나는 밖으로 나서면서 '권총 한 자루를 품고 어디론가 떠나고 싶다'고 생각했다. 그때의 마음은 얼마 전 관람한 일본 화가 구사마 야요이草間彌生의 그림 제목 같았다. '전투가 끝나고 우주의 끝에서 죽고 싶다.' 그 아이가 보고 싶었다.

오열하는 어머니를 보면서 모든 생각을 접었다. 작가가 되고부터 소설을 쓸 때면 절을 찾았지만 권총을 품고 절에 가서도 안 되었다. 눈물을 품고 절에 가서도 안 되었다. 아버지는 어디로 갔는가. 파산선고를 받고 아버지는 우리도 모르게 행방불명 되었다. 재기할 능력이 없다고 판단하자 스스로 아버지 자격을 박탈하고 떠났다. 그렇게 해석했다. 물론 장남을 믿었으리라. 집에서도 혼자 펜글씨로 한자를 쓰고 바둑을 두던 조용한 사람이었다. 가장이란 업이 없었다면 아버지는 절로 들어가 나무나 하며 『천수경』을 펜글씨로 쓰고 쓰면서 남은 생을 보냈을 것 같다. 『레미제라블』의 갈 곳 없는 장발장이 성당을 찾아가듯이.

막다른 골목에 서 있다고 생각할 때 탈출구는 그런 것이다. 세속이 아닌 곳, 내가 발걸음을 하진 않았더라도 어려서부터 늘 보아와 낯이 익은 곳, 누구나 갈 수 있도록 늘 열려 있는 곳, 의식주처럼 선조 대대로 내려와 유전자의 작용으로 저절로 길들고 정신적 안식을 얻는 곳. 그곳이 불변의 진리까지 가르쳐주는 곳이라면 구원을 얻으리라.

부처님의 법을 전하는 절이 바로 그런 곳이 아닐까. 유교 이념으로 조선조 때 배척당하긴 했지만 1,600년 동안 이어져온 한국 정신문화의 뿌리이므로. 삼국시대 반가사유상과 통일신라의 석굴암, 고려의 수월관음과 16년에 걸쳐 완성한 팔만대장경 등은 불교가 꽃피운 정신의 정점이었다. 이 지고한 불교 문화유산 없이 한국의 정체성을 말할 수 있을까. 한국인이라면 종교와 상관없이 어느 누구의 혈관에도 불교가 흐르지 않을까.

통도사通度寺에서 해마다 음력 11월 초하루부터 한 달간 열리는 화엄산림법회華嚴山林法會로 송년 의식을 치르기로 했다. 초빙된 대선사와 강백의 법문을 들으며. 이 산림법회는 1927년 극락암 경봉 스님이 재가在家 신도를 동참시켜 함께 수행하는 화엄법석華嚴法席을 동짓달 21일간 마련한 것이 시초다. 80권으로 이루어진 방대한 『화엄경』은 9번의 법회를 통해 설說해진 법문을 39품으로 분류한 경전이다. 이 지혜의 등불을 중생의 마음에 밝히자는 경봉 스님의 원력이 커서 80년이 넘게 이어지고 발전하면서 이 땅에서 가장 오랜 전통과 가장 많은 대중이 동참하는 대법석이 되었다.

아만我慢의 산을 무너뜨리고 공덕의 숲을 키운다는 뜻의 산림법회에서는 돌아가신 부모 조상과 유주무주의 영가까지 청하여 천도를 실시하면서 회향한다. 회향이란 "세간의 생사가 없는 저 언덕으로 가는 것". 법회에서 영가 동참은 신라시대부터 내려왔다. 의상 대사의 제자 진정 스님이 화엄법회를 했더니 돌아가신 어머니가 꿈에 나타나 "나는 이미 하늘에 환생했다"고 하였다는 기록이 『삼국유사』에 있다.

나도 화엄산림법회에 영가를 청했다. 동생 은경과 아버지, 장례식에 참석하지 못한 최인호 선생과 지인의 위패까지 함께 올렸다. 글로 자신을 소진시키고 원대로 원고지 위에 못 박혀 스러진 작가, 아무도 알 수 없는 어둠의 포대기에 질식해 서둘러 이승을 떠났지만 결벽한 흰 뼈로 우리가 죄인임을 가르쳐준 동생, 무거운 생의 짐을 바둑판 위에서 조용히 풀려 했던 아버지, 이들은 벌써 땅의 매듭을 풀고 하늘에서 안식하고 있을 테지만 화엄의 바다에 갈매기처럼 잠시 내려앉아 귀를 기울여 보면 어떨까. 여타의 경전들이 산이라면 온갖 산들이 수미봉을 향해 붙어 있는 것과 같고, 수만 갈래 강이라면 그 강이 흘러드는 바다와 같다는 대방광불화엄경에.

매표소를 지나 산문에 들어서면 소나무가 늘어선 오솔길이 시야에 다가선다. 개울을 끼고 차도와 인도로 갈라지는데, 무풍한송림舞風寒松林이란 푯말이 서 있다. 통도사의 팔경 중 첫 번째라는 "휘몰아치는 겨울 눈바람을 맞는 찬 소나무"를 가리킨다. 장엄한 겨울 풍경을 상상하며 눈 오는 날 다시 이 길을 걸으리라. 강원講院 공부를 마치고 떠난 스님들도 이 소나무 길을 그리워한다지.

포장되지 않은 마사토 길을 디디니 양편에 빼곡히 늘어선 소나무 숲이 품을 벌리고 있는 듯하다. 이 땅의 품으로 들어서면 다른 세상이 펼쳐진다고. 계곡물이 세속의 티끌을 씻어주고 바람을 막는 솔숲이 중생의 번뇌를 잠재울 거라고. 1,400년 전부터 신라인들이 타박타박 걸어간 이 길. 자장율사가 문수보살의 성지 중국 오대산에서 화엄경의 진리를 전수받고, 석가모니의 금란가사와 진신 사리를 가져와 봉안한 불보佛寶사찰로 들어서는 길, 그 절로 가는 신성한 통과의례이므로.

소나무를 따라가다 오솔길을 벗어나면 성보聖寶 박물관 맞은편 계곡 위로 완만한 곡선의 구름다리가 눈에 들어온다. 저 돌다리를 보면 입가에 미소가 떠오른다. 통도사에 왔구나, 하고. 자연의 조각처럼 걸려 있는 아름다운 돌다리는 고찰의 격조에도 어울려 낙원에 이르렀음을 알려준다. 세속을 벗어났음을 확인하듯 다리 위에서 절을 향해 서면 멀리 영취산靈鷲山의 평평한 능선이 시야에 다가선다. 독수리가 날개를 펼친 형상이라던가. 영취산은 부처님이 인생의 후반부를 보낸 인도 마가다 국 라자그리하王舍城의 산 이름을 한자식으로 번역한 것으로 '영축'이라고도 읽는다. 이름대로 신령스런 독수리가 날개를 펼쳐 부처님 가피加被처럼 통도사를 감싸고 있으니 모두가 말하는 대로 명당임을 알겠다. "심산深山 명당은 오대산이고 야지野地 명당은 통도사"라고 했다.

"모든 진리를 회통하여 중생을 제도濟度한다"는 통도사 현판이 걸린 일주문 앞까지 걸어가면 좌우 기둥에 쓰인 불지종가佛之宗家 국지대찰國之大刹 글씨가 보인다. 불교의 전성기였던 고려 때는 사찰 영역이 조선조 서울 도성의 5배였을 만큼 광활하여 국가의 대대적인 후원이 있었음을 추정할 수 있다. 산내에 전답이 많아 예로부터 통도사 스님은 '밥중'이라는 말을 들었다. 통도사 가마솥은 유명하여 선방 스님들의 재담거리가 되기도 했다. 법광 스님이 쓴 『선객』에 통도사 스님의 자기 도량 자랑이 나오는데 이러하다. "저희는 지난해 동지 때 가마솥의 팥죽을 젓기 위해 나룻배를 타고 수평선 너머로 간 스님이 아직 돌아오지 않았습니다." 한 번에 300명분의 밥을 지을 수 있는 통도사 공양간 무쇠솥은 살림이 풍족한 한국 불교의 종갓집다

25

운 정경이다.

하로전下爐殿과 중로전中爐殿의 고풍스런 건물들을 지나 아홉 마리 용이 살았다는 구룡지를 거쳐 부처님 사리가 봉안된 금강계단에 삼배하고 나선다. 통도사엔 금강계단에 진신 사리가 모셔져 있어 대웅전에 불상이 없다. 알렉산더 대왕의 인도 침입 후 간다라 미술의 영향으로 불상이 만들어지기 시작했다. 그전까지는 사리를 모신 스투파stupa가 경배 대상이었다. 나뭇가지를 잡은 채 허리를 틀고 비스듬히 기대 있는 인도 산치 탑의 육감적인 약시yakshi 여신상은 지금도 기억하고 있다. 부처님 사리가 모셔진 통도사의 금강계단은 『삼국유사』에 기록돼 있으니 한국 불교의 산 역사다. 승려가 되기 위해 받는 수계受戒 의식이 행해지는 곳이니 한국 계율종의 시작이기도 하다.

자료에 의하면 원나라 사신들도 고려에 들어오면 제일 먼저 진신 사리탑이 있는 적멸보궁에 참배했다고 한다. 이웃 나라에 알려진 만큼 고려 말에 왜구들은 두 차례나 통도사에서 부처님 사리를 가져가려 했고 조선시대에는 한때 사리를 약탈당했으나 천신만고 끝에 찾아왔다고 한다. 필사적으로 금강계단을 지키면서 불보사찰의 명맥을 오늘까지 이어왔으니 『통도유사』

의 저자 조용헌은 "통도사의 정체성은 이 계단에 있다"고 명확하게 지적했다.

경내엔 사람이 북적거린다. 토요일엔 늘 관광객이 많지만 화엄산림법회 천도제 전야 행사가 있는 날이라 더욱 발길이 분주하다. 법성게法性偈는 저녁 예불 뒤 시작되어 미리 설법전에 들어서니 벽면에 영가들의 위패가 천장 아래서부터 도배한 것처럼 가득 붙어 있다. 밑에 만들어 놓은 단에는 꽃, 과일, 쌀, 과자, 음료수 등이 제사 음식처럼 쌓여 있다. 인간에게 죽음이 숙명이라면 영가들의 위패가 이리 많다고 해도 놀랄 일이 아니다. 영가 이름과 함께 본관이 적혀 있는데 양천 허씨, 장수 황씨, 평택 임씨, 순흥 안씨 등 내가 처음 알게 된 본관과 이 땅의 모든 본관이 나열돼 있어 씨족사회 한국의 축소판이다.

그 가운데서 망똘할매, 꽃비, 배씨동자 같은 고유의 이름 표기도 있고 유주무주 조상 일체, 인연 있는 일체, 일체 고혼 영가, 태중 아기 일체, 해피 외 축생 일체 등 짐승을 포함하여 모

든 영가를 모신 것도 여기저기 보인다. '태중 아기 일체'가 유독 많은 것은 윤회 사상을 따르는 불자들이기 때문이다. 뭇 생명이 전생의 인연으로 태어난다는데, 전생에 몸이 아팠거나 다쳐서 태중에서 죽었다면 다음 생에선 보다 좋은 인연으로 태어나라고 천도한다. 태아는 의식을 갖기 전이라 천도가 더욱 필요하다고 본다.

저녁 예불과 금강경 독송을 끝내고 법성게가 시작되었다. 1,500명이 들어가는 설법전은 사람들로 차고 허공에 몇 군데 쳐진 줄엔 색색가지의 장엄 번幡과 지등이 길게 늘어져 있다. 나무원만보신노사나불, 나무감로왕여래, 나무유명교주대원본존지장보살…… 영가를 태워 보낼 반야 용선이 여기저기 놓여 있는데 노전 스님의 장엄 염불이 실내에 가득 울리고 학인 스님들이 북을 치며 참가자들을 인도한다. 참가자들은 모두 광목 끈을 어깨에 얹은 채 줄을 이어서 위패가 붙은 벽면을 도는데, 장엄 염불에 맞추어 "나무아미타불"을 함께 외운다. 걸어가면서 용선이 보이면 노자를 넣기도 하고 자신이 올린 위패 앞에선 합장한 채 절한다.

나도 위패 앞에서 고개 숙이고 내가 놓은 꽃다발에 뺨을 댄다. 전날 동리문학상 시상식에서 받은 축하 꽃다발 중 하나다. 내가 자주 가는 도서관의 멋쟁이 사서가 수국과 장미, 작은 나리 등 여러 종류의 은은한 꽃들에 초록을 섞어 구성한 어여쁜 꽃다발이다. 하룻밤만 곁에 두고 통도사 설법전에 바쳤다. 은근한 향기는 여전하다. 영가들에게 이 향이 스미기를. 10년도 전에 꿈에서 환히 웃던 동생의 모습이 떠오른다. 솜사탕이 번지는 것 같은 웃음이었다. 그렇게 환히 웃는 모습은 처음 보았다. 하늘나라에서 행복하게 지내는구나. 나는 확신했다. 1990년대에 미국에서 세계작가대회에 참가하고 필라델피아 숲 속의 유스호스텔에 머물 땐 꿈에서 햇살같이 부서지던 한 시인의 미소를 보았다. 젊은 나이에 세상을 떠났지만 시인이란 신성한 명칭에 부합하는 시인이었다. 하늘나라에서 잘 있군요. 그때도 나는 확신했다. 모든 것을 비운 아버지도 최인호 선생도 하늘나라에서 그렇게 환히 웃고 있으리라. 더 이상 구할 것 없는 웃음을.

공수래 공수거 나무아미타불

빈손으로 왔다가 나무아미타불

빈손으로 가는 사람 나무아미타불

염불이 고조되자 북소리도 높아지고 학인 스님들이 장단에 맞추어 덩실 춤을 춘다. 용선을 밀고 당기던 보살들도 용선 따라 춤춘다. 머리를 쪽 진 할머니는 끈을 올려 들고 지화자 춤추고 뒤에 선 보살은 배에 흔들리듯 몸을 좌우로 흔들며 아미타불을 부른다. 내 머리 자락도 바람 타는 나뭇가지처럼 일렁인다. 두 팔을 높이 들고 요령 흔드는 젊은 학인 스님의 장삼 자락이 너풀거리니 허공에 걸린 노란 지등도 춤추고 지장보살이 적힌 붉은 번도 휘날린다. 뭇 영가도 이들에 묻어 함께 나는 것 같다. 날아라, 무명의 업식과 사슬 같은 집착 끊고 무연의 세계로 날아라.

영가도 동참시켜 회향하는 화엄산림법회는 축제다. 옛날이라면 농사가 끝나고 쉴 때인데, 염불을 되풀이하며 자신을 돌아보는 종교적 본질을 심화하여 한 해를 밝게 정리하는 의식이다. 주변에 잘못한 것도 참회하고 영가에게도 기회를 준다. 회향은 끝이 없다. 제자리로 돌아가기 때문이다. 몸이 있는 한 인간은 업을 쌓는다. 그때그때 씻어야 한다. 그래서 많은 화엄산림법회 참가자들은 해마다 온다. 할아버지가 돌아가신 뒤 울산의 시골집에서 혼자 산다는 팔순의 이씨 할머니는 20년 넘게 화엄산림법회에 와서 1,080개의 긴 염주를 돌리며 많은 영가들을 위해 기도한다. 10년 넘게 오는 보살들은 예불문이며 법성게, 화엄경약찬게를 외우고 시가의 고조까지 해마다 10명이 넘는 영가들을 올리며 쌀과 과일 등을 생시처럼 바친다.

불교에서 천도제는 극락왕생을 기원하는 축복의 시간이다. 다른 종교와는 달리 축제처럼 진행하여 불자들을 슬픔이 아닌 희망으로 위무한다. 고대인들도 그러했다. 『수서隋書』 「고구려전」에 "고구려인은 처음과 끝에는 슬피 울지만 장례를 치를 때는 북 치고 춤추며 노래 부르는 가운데 떠나보낸다"고 했다. 생과 사가 순환의 고리로 엮였을 뿐이니 기쁨과 슬픔도 그렇게 돈다는 걸 배운다.

야외에서 크게 베푸는 강좌를 야단법석野壇法席이라고 하니 화엄산림법회는 실내법석이다. 화엄산림법회의 정수는 역시 초빙된 선지식善知識으로부터 하루 두 차례 듣는 법문이다. 진리에 다가설 수 있는 소중한 기회이므로 시자 2명이 삼배하며 먼저 법문을 청하는 의식을 한다. 그 경건한 의식에 선지식도 마주 서서 고개 숙이는데, 부처님 시대에도 저러했을 것 같다. 내가 세상에서 본 가장 아름다운 정경이다. 종범 큰스님의 느리면서 또박또박한 법문은 곧 부처님 말씀처럼 들려 여운이 오래오래 가슴에 남았다.

"형상은 세간법이고, 법계는 무상법이에요. 몸은 세간이지만 자세히 보면 법계예요. 중생은 법계를 모르고 형상만 봐요. 보이는데 보이는 것이 없어. 들리는데 들리는 것이 없어. 거울의 그림자처럼 드러나는 것이 법계예요. 넓고 넓은 바다에 많은 그림자가 비치는데 바닷속에 들어가면 아무것도 없어요. 물뿐이야. 물속에 별이 보이는데 별이 아니라 물이고, 해가 보이는데 해가 아니라 물이에요. 일체 만물이 지혜의 바다에 비친 그림자인데 중생은 미혹해서 그림자만 알고 마음인 물을 몰라. 우리 마음의 물에 비친 그림자는 아무리 큰 것도 작은 것도 그림자일 뿐 자체가 없어요."

복사꽃을 본 뒤로
다시는 의심치 않았다

송광사 인석 스님

스님의 먹포도처럼 까만 눈은 식識이 맑은 사람 특유
의 정기가 담겨 있다 그 남다름이 저절로 가게 했을까
어 느   곳 을   가 든   주 체 가   되 리 라

복사꽃을 본 뒤로
다시는 의심치 않았다

—송광사 인석 스님

    2012년 가을이었다. 힘겹게 장편소설을 탈고하고 송광사에 갔다. 휴식을 겸하여 책에 들어갈 '작가의 말'을 쓰려 했지만 그 많은 절 중에 왜 송광사일까. 꼭 송광사여야 했다. 오래전 법정 스님이 불일암에 계실 때 스님의 배려로 외국인 친구들과 송광사에 하루 머문 적이 있는데 새벽 예불에 참석하고 그 장엄한 광경에 사로잡혔다. 캄캄한 한밤에 천지를 흔들듯 울리던 법고 소리, 태양처럼 존엄하나 자비의 눈길로 굽어보는 부처님, 가사를 걸친 승려들이 수없이 엎드려 지고한 존재 앞에 경배하는 의식과 세속에서 박차 오르는 듯한 염불 소리는 환희심을 주었고 지상의 것 같지 않은 열락의 광경은 그날부터 내 의식에 붙박였다.

    지난 초여름 담양의 집필실에 들어가기 전날 송광사에 들렀다. '순천만국제정원축제'를 보고 밤 8시에 도착하여 할 수 없이 절 앞의 여관에서 묵었다. 동행한 친구를 두고 새벽 3시에 일어나 여관에서 미리 빌려 놓은 손전등을 든 채 밤길을 나섰다. 매표소 숙소에만 불이 켜져 있고 사방이 캄캄하여 오솔길로 가기는 힘들 것 같았다. 보다 넓은 차도로 가려고 곧장 걸어가는데 저만치 앞에서 남자들의 말소리가 들려왔다. 삼경도 지난 이 야밤에 사람의 말소리라니. 다른 상황이라면 멈칫했을 테지만 절로 가는 길이었다. 더욱이 송광사이니 나처럼 예불하러 가려는 사람일시 분명했다. 손전등을 앞으로 비추어보니 세 중년 남자가 돌다리 위의 청량각에서 서성이고 있었다. 나는 그쪽으로 다가가며 "예불하러 가세요?" 물었다. 그렇다는 답변이 들려왔고 나는 앞장서면서 따라오라고 했다. 어디서 오셨어요, 물으니 울산에서 왔다고 했다. 먼 걸음이었다. "어두워서 더 이상 못 가고 서 있었더니 꼭 관음보살 만난 것 같네요" 하고 반가움을 표시했다.

정말 막막했나보다. 관음보살을 만난 것 같다니. 하긴 어둠 속을 헤매는 중생에게 빛을 비추어주는 것이 관음보살이다. 말이 나왔으니 내가 만난 관음보살에 대해 말하지 않을 수 없다.

9년 전인가. 쿠알라룸푸르에서 우연히 한국 소녀를 만났다. 영어 연수를 받기 위해 온 여고 졸업생이었으니 어린 숙녀라고 부르는 것이 맞겠다. 소녀라기엔 성숙한 얼굴이었다. 의젓했고 무언가 풍부해 보였다. 그 숙녀는 내가 들고 있는 사회과학 책을 보고 "그 책 재미있죠"라고 말해서 나를 놀라게 했다. 재미있다니. 책 제목은 잊었지만 내게도 읽기 어려운 책이었다. 그 어린 숙녀는 나와 인사를 나누게 되자 자신은 원래 인도로 유학 가려 했으나 영어를 먼저 배우고 대학을 결정하겠다고 했다. 왜 인도로? 인도 기행문을 썼던지라 나는 인도라는 말에 반응하지 않을 수 없었다.

"어릴 때 인도로 가는 꿈을 꾸었어요. 그 뒤로 늘 인도로 유학 가리라 마음먹었어요. 큰스님도 그렇게 하라고 하셨고요."

"스님이?"

"스님이 언제 출가할 거냐고 물으셔서 인도서 공부하고 돌아와 하겠다고 했어요."

어린 숙녀는 스스럼없이 "출가" 계획을 말했다. 지방에 있는 특목고를 다닐 때 기숙사 생활을 했는데 인간의 양상이 아수라장이어서 "빨리 제도해야겠다"고 생각했단다. 나는 입을 다

물지 못했다. 10대 여고생이 제도할 날을 기다렸다니. 될 나무 는 떡잎부터 알아본다더니 그제야 어린 숙녀의 긴 귀며 덕성 스러운 모습이 눈에 확연히 들어왔다. 바로 관음보살 같았다. 귀인과의 만남은 우연이라기엔 특별해서 그 뒤 어떤 비범함도 어떤 탁월함도 더 이상 나를 놀라게 하지 않는다. 내가 몇 년 전 알아본 바로는 어린 숙녀는 영어권 국가에서 공부하다 한 국에 돌아와 출가했다고 한다. 저 절로 갔으니 지금쯤 비구니 계를 받아 어엿이 스님이 되었을 것이다. 10년 20년 뒤 수행이 만개하면 아수라 같은 말법末法 시대에 제도하기 위해 관음보 살처럼 연꽃을 들고 나타나리라. 나는 확신하며 기다리지만 더 이상은 말할 수 없다. 성불하소서.

관음보살을 만난 것 같다니 내 입에서 절로 미소가 지어졌 다. 꿈에서도 들을 수 없는 소리였다. 한밤에 손전등을 가지고 가다 동행했을 뿐이니 선심이랄 것도 없었다. 단지 나같이 무 방비에다 건망증 심한 사람이 손전등을 빌려서라도 준비했다 는 것만 기특한 일이었다. 그 기특함은 오직 송광사 예불을 들 어야 한다는 간절한 마음에서 나온 것이었다. 솔직히 말하자면 모든 절에서 그렇게 하는 것은 아니었다.

두어 달 전 내가 사는 경주의 유명 사찰에 가서 마침 예불 시간을 맞아 법당에 들어갔다가 10분 만에 나오고 말았다. 신라시대부터 내려온 아름다운 사찰이지만 음정이 맞지 않은 흐릿한 예불 소리는 절의 명성에 걸맞지 않아 안타까웠다. 초보 불자라 나는 예불 소리를 종교음악처럼 들으며 고양되기를 바라는지 모른다. 송광사 예불이 척도가 된다면 그럴 수밖에 없다. 그 차이는 무엇일까. 송광사 예불의 유장한 리듬이 음악적이어서 작곡가 김영동 씨는 일찍이 음반으로 만들었지만 그 바탕은 흐트러짐 없는 기강이 아닐까. 법당에 들어오면 무릎 꿇고 자리에 앉은 채 한 손으로 가사를 밑으로 당겨 발을 가리던 스님들의 정갈함. 송광사의 장엄한 예불을 들으면 송광사가 승보僧寶사찰인 까닭을 저절로 알게 된다.

2013년 계사년 동지를 맞아 송광사에 갔다. 1년 중 밤이 가장 긴 날이라 동지를 기준으로 밤이 짧아지기 시작하면서 양의 기운이 들어온다. 그래서 절에선 동지를 작은설로 생각한다는데 옛날엔 민가에서도 동지팥죽을 먹으면 한 살을 먹었다고 생각했다. 붉은 팥죽이 액막이 역할을 하여 불자들은 다가올 새해가 무사하기를 기도하고 팥죽을 먹으러 절로 몰려온다. 겨울이라 해가 빨리 지니 사람들이 불전에 올릴 공양물을 손에 들고 삼삼오오 발길을 서두른다. 산문에 들어서니 작은 봉오리들이 형제같이 이어진 산릉선이 사역을 아늑하게 감싸고 있는데 바로 송광사의 부드러움이다.

눈이 왔는지 개울가 비탈진 응달엔 눈이 쌓여 있고 은행나무들은 완연히 잎을 떨구어 하늘에 가지만 뻗치고 있다. 단풍은 갈색으로 시들어 단풍나무임을 알 수 있지만 1년 전 가을, 저 나무들 밑에 무수히 깔린 은행 열매를 보지 않았더라면 은행나무인 줄 알아봤을까. 나무를 싫어하는 사람이 있을까마는 나무를 사랑하면서도 내가 이름을 기억하는 나무는 손에 꼽을 정도밖에 되지 않는다. 이름을 알아두어도 뒤에 보면 그 나무가 그 나무 같다. 식물학자나 나무를 약재로 쓰는 한약재상이 아닌 다음에야 굳이 나무 이름을 알아야 할까. 나무라는 생명을 사랑하면 된다. 이름과 함께 용도를 알면 용도에만 눈이 가지 않을까.

작년 초가을 황룡사지를 거닐다가 둑비탈에서 작은 칼로 무언가를 캐내는 중년 여성을 본 적이 있다. 무엇을 캐느냐 물으니 민들레 뿌리라고 알려주었다. 몸에 좋아 약으로 쓴다고 했다.

생야채를 좋아하는지라 나도 봄에 민들레 잎을 보면 토끼처럼 뜯어 먹지만 도대체 얼마나 캐려나 계속 보고 서 있으려니 그만 가세요, 하면서 손을 내저었다. 저런 사람이 10명만 있어도 황룡사지에 민들레 씨가 마르겠네 싶지만 물론 그럴 일은 없다. '참을 수 없는' 민들레 씨의 가벼움은 봄마다 바람을 타고 번식이라는 제 임무를 충실히 이행하니까. 옛날엔 산에 뒹굴던 도토리가 언젠가부터 동이 나서 다람쥐가 굶을 판이라 하고, 텔레비전에서 무슨 나무의 열매가 좋다 하면 다음 날부터 이름도 모르던 그 열매가 동이 난다고 하니 건강이 온 국민의 욕망이 되었다. 먹고살 만하니 그렇다지만 몸의 건강이 인생의 목적이라면 대학원은 나와서 무엇하나. 내 주위에 유난히 건강에 집착하는 지인이 있어서 얼마나 오래 사나 두고 볼게요, 말했다. 그러자면 나도 함께 오래 살아야 할 테니 그 말도 하지 말아야겠다. 지난번 통도사 화엄산림법회 때 새긴 종범 큰스님의 법문을 들려주자.

"인간은 구하다 구하다 죽어요. 기러기는 날다가 날다가 죽어요. 돈, 명예, 사람, 건강, 어떤 것을 구해도 남는 것이 하나도 없어. 그러니 다음 생에 또 구해요. 생사윤회야. 중생은 구하는

41

데 머물고 부처님은 깨닫는 데 머물러요."

인간과 기러기는 번식 말고 무엇으로 달라야 하나?

오솔길과 차도가 갈라져서 오솔길로 들어선다. 송광사의 차도는 다른 사찰들처럼 포장이 되지 않아서 인도와 다를 바가 없다. 조금 더 넓고 구불구불 휘지 않을 뿐. 절로 가는 도로를 포장하지 않고 자연 그대로 옛길을 둠으로써 송광사는 가장 고찰답고 송광사답다. 언제까지나 흙길이었으면. 오솔길 옆으론 작은 개울이 흘러 물소리가 졸졸 귀를 씻어주는데, 여름에는 빼곡히 숲을 이루었을 굵고 가는 잡목들이 선으로 허허롭게 서 있다. 빈 가지엔 하늘과 구름과 별이 걸리니 보다 풍성하고 시적이다. 나는 줄기만 뻗은 겨울나무가 좋다. 본질로만 남아 있지 않은가. 메타세쿼이아는 잎 떨어진 겨울에야 영웅 같은 나무의 기백을 보다 잘 보여준다.

돌다리를 건너자 하늘로 쭉 뻗은 편백나무 숲이 보인다. 겨울바람이 향기를 휘몰아갔지만 한밤에도 편백나무의 피톤치드 냄새가 코끝에 스며들면 아, 절이 가까이 왔구나 안도한다. 두 중년 부부가 낙엽 쌓인 땅에서 무언가를 주워 담고 있다. 다가가서 들여다보니 염주보다 조금 큰 방울인데, 보살님이 내

손에 몇 개를 놓으면서 "열매 같아요, 냄새가 좋아서 주워요" 한다. 맡아보니 바로 편백나무 냄새였다. 박하처럼 서늘한 피톤치드 향기. 고맙다고 인사하며 코트 주머니에 넣는다. 송광사의 청정 도량을 향기로 치면 피톤치드가 아닐까.

남색 바탕에 미색 글씨로 '조계산曹溪山 대승선종大乘禪宗 송광사松廣寺'라고 쓰인 편액이 일주문에 걸려 있다. 일주문이 세월에 바랜 듯 은은하여 손대지 않은 그대로인 줄 알았지만 불교미술가 정경문 씨가 옛날 그대로 단청한 것이다. 신라 말 혜린 선사가 길상사를 창건하면서 세워진 일주문은 여러 차례의 중창을 거쳤다. 1197년부터 지눌 보조국사가 중창불사를 하고 선정과 지혜를 함께 닦자는 정혜결사를 이곳으로 옮기면서 조계산 정혜사定慧社로 산과 절 이름이 바뀌었고 뒤에 다시 수선사修禪社로 바뀌었다가 오늘날의 조계총림 송광사가 되었다. 1214년 고려 고종이 송광사 제2세 진각국사에게 '대선사' 호(국보 제43호)를 내려준 고찰이라 일주문의 고색창연한 색이 품격을 더한다.

문은 문이되 닫는 문짝이 없으니 누구나 언제나 들어설 수 있는 일주문, 문은 소유를 알리면서 배척을 내포하지만 절의 일주문은 부처님 정토로 통하는 상징으로 서 있다. 고苦의 세계에서 깨달음의 세계로 들어서는 경계로서. 앞에서 조계사 명찰을 단 50여 명의 불자들이 일주문을 통과한다. 동지 기도로 삼보三寶사찰을 순례하는데, 전날 통도사와 해인사를 거쳐 마지막으로 송광사에 들렀다고 한다. 무교인 사람들은 불자들의 기도도 기복祈福으로 보지만 기도하지 않는 일상보다는 기도하는 삶이 진정성에 다가서 있는 건 의심할 수 없다.

　대웅전에 들어가 참배하고 나서니 위쪽 관음전에서 목탁 소리가 울린다. 목탁 소리가 저리도 맑았던가. 담장 앞에 심어진 먼나무 두 그루엔 붉은 열매가 가득 열려 스산한 겨울 뜨락에 생기를 준다. 동지라 관음전엔 여느 때보다 불자들의 발길이 잦은데 옆의 응현당부터 아래로 이어진 모든 건물에는 발이 드리워졌거나, 낮은 담장에 오죽과 키 작은 나무를 심어 안을 가리고 있다. 대웅전 뒤 3단으로 쌓은 돌담장 위로 수선사의 기와지붕이 솟아 있는데 지붕 밑으로 어김없이 발이 드리워 있다.

봄이면 뜨락에 목련도 피더니만 참선만 하는 선원禪院이라 하대를 굽어보며 오롯이 위치해 있다. 16국사를 배출한 승보사찰이라 선방이 법당보다 상대에 있다.

대웅전 위로 각 기와지붕이 귀를 맞댄 채 미로같이 이어진 건물들은 일반인이 들어갈 수 없도록 차단된 듯하다. 세속으로부터 자신을 지키려는 수행자들의 결벽한 장막이라고 할까. 초대 방장이었던 구산 스님이 지은 칠바라밀(해당 요일마다 삶의 지침이 되는 계훈)을 지금도 스님들이 아침마다 낭송한다는 수행 도량의 의지를 감지한다.

6·25 전엔 70여 동의 건물들이 비를 맞지 않고 온 도량을 다닐 수 있을 만큼 귀를 맞대고 있었던 대가람이었다고 한다. 통도사보다 기왓장 수가 많았다는 그때는 관광지처럼 넓은 앞마당이 없었으니 큰 규모에도 조촐하고 아늑한 수도처였을 것이다. 6·25 때 공비가 자꾸 나온다고 사찰을 불태웠지만 고려 공민왕 때 창건된 국사전(국보 제56호)과 조선 세조 때 창건된 단아한 승방으로 우리나라에서 가장 오래된 요사채라는 하사당(보물 제263호) 같은 건물이 무사한 것은 천만다행이다. 정조 15년에 조영된 강원과 해청당도 소실을 면했다.

도량을 둘러보다 날이 어둑해지기 시작해 걸음을 옮긴다. 대나무 발이 둘러져 있는 강원 앞을 지나 해청당을 지나면 주지실이 있는 목우헌이 계단 위로 보이고 원주실이 있는 정수원이 나온다. 스님의 처소 중 발이 쳐 있지 않은 곳은 이 두 건물이다. 사람이 드나들어야 하는 대외적 공간이기 때문이다.

절의 살림을 맡은 인석 스님은 동지를 앞두고 처소에 머물 시간이 없다. 공양간에서는 30되의 팥을 이미 한 솥 삶아 놓았고 찹쌀 12되를 오후에 갈아서 반죽을 시작했다. 원주 스님도 보살님들과 함께 찹쌀 반죽을 돕는다. 밤에 새알을 빚을 반죽을 준비해야 한다. 행자 시절에도 채공寀供을 한지라 요리는 프로이고, 체력을 필요로 하는 요리는 여자보다 남자에게 맞는다는 생각도 한다. 반죽도 당연히 손힘이 센 남자가 빨라 원주 스님 옆에 놓인 양동이에 큰 꽈배기 크기의 반죽이 쌓여 있다.

저녁 공양 뒤엔 강원, 선원, 율원律院의 총림 스님들이 대방에 모여 새알을 빚는다. 절에선 매해 동지마다 새알 빚기 울력이 있다. 불자들도 합석하여 새알을 빚는데, 호빵이며 과자, 음료수까지 조마다 놓여 있어서 마치 집안의 잔치 준비를 하는 분위기다. 어떤 스님은 유난히 크게 빚고 어느 스님은 크고 작게 다양한 크기로 빚는다. 옆 조에선 쟁반에 송편 모양으로 빚어 올려놓았고 과자처럼 삼각형으로 가래떡처럼 길게 빚은 것도 있다. 설 전날도 스님들이 모여 떡을 빚는다는데 어느 절에선 장난기 많은 선방 스님이 송편에 고춧가루를 넣어 빚었다는 말도 들려왔다. 원주 스님은 여기저기 둘러보며 새알 빚기를 진행시키고, 분위기가 무르익을 즈음 주지 무상 스님과 방장 보성 스님이 들러 대중 울력을 격려한다.

팥죽은 이른 새벽부터 끓인다. 지난해를 참회하면서 부처님의 가피로 모든 악귀를 몰아내는 의미가 있기에 공양간에서도 정숙해야 한다. 일을 거들러 온 노보살님이 "팥죽이 끓을 때 새알을 넣어야 바로 떠오르고, 미리 넣으면 솥 밑에서 눋고 퍼진다"고 솥 앞에서 되풀이 말하면 인석 스님은 묵언을 명한다. 옹시미가 떠오른 팥죽은 대웅전을 비롯하여 승보전, 지장전, 영산전, 수선사 등 모든 건물의 불전에 올린다. 아침 공양은 선신들이 하고 사시 공양은 부처님이 하고 저녁 공양은 귀신들이 한다. 대웅전에선 새벽 예불 뒤 5시가 지나 다시 팥죽 공양을 올려 동지 축원 예불을 한다. ……큰 자비심으로 굽어 살펴주시옵소서. 시방세계 곳곳마다 부처님 전법이 널리 선양되고 모

든 중생들이 참 나를 깨달아 행복한 삶을 살도록…… 시아본
사是我本師 석가모니불…….

　예불이 끝나면 스님들이 안행雁行이라 불리는 기러기 같은
행렬로 나서는데 공양할 대방에 들어가서도 질서 정연하게 제
자리에 앉는다. 모든 찻상엔 동치미 무와 배추김치, 연근 조림
과 날고구마, 설탕이 일정하게 놓여 있고, 통에 담긴 죽을 찻상
과 함께 갖다 놓으면 스님들은 각자 발우鉢盂에 덜어 먹는다.
삼보사찰 중에서도 송광사만 유일하게 365일 전통적인 발우
공양을 하고 있다. 이날은 한 해의 묵은 때를 벗어버리는 작은
설이라 절에 있는 모든 대중이 팥죽을 먹지만 송광사 스님의
아침 공양은 죽으로 정해져 있다. 잣죽, 야채 죽, 연근 죽 등이
번갈아 나온다. 아침 죽 공양은 부처님 시절부터 내려왔다. 어
려서 출가한 아이가 아침에 배가 고프다고 우니 부처님이 죽
을 끓여주라고 지시했고, 그때부터 아침에는 속을 편하게 하는
죽을 먹었다. 이것이 불교와 함께 중국으로 건너왔다. 중국은
원래 죽이 발달한 나라라 중국에서 한국으로 불교가 전파되면
서 음식 풍속도 내려왔다.

　송광사에선 죽과 함께 수요일, 일요일 아침엔 떡국을 내놓

는다. 떡국은 묵은쌀을 처리하는 절 살림의 지혜면서 식단에 변화를 준다. 스님들은 떡국이 나오면 수요일이구나, 일요일이구나, 요일을 알아챈다. 절에선 표고가 고기라 무, 다시마, 마른 고추, 생강, 배 등을 서너 시간 끓여 우린 육수에 다시 표고를 넣어 떡국을 끓인다. 송광사에서 동안거冬安居나 하안거夏安居를 마치고 나간 스님들은 표고 향이 오르는 송광사표 떡국을 그리워한다.

세속의 즐거움과 벽을 쌓고 수행하다 보니 스님들의 입맛은 까다롭기로 손꼽힌다. 세상의 좋은 차는 다 절에서 마시고 선방에서는 진귀한 음식을 다 맛본다고 말할 정도다. 그래서 음력 10월 보름부터 선원이 열리는 동안거 반철(45일)엔 인석 스님도 신경이 곤두선다. 음식은 자극적이지 않고 담백하게 하고, 재료의 특성을 살리면서 향이나 맛을 더한다. 메밀에 빵가루를 섞어 메밀가스를 만들기도 하고, 삶은 메밀국수가 남으면 체에 잘게 걸러 청홍 피망과 홍당무 등 야채를 가늘게 채 썰어 밀가루와 함께 반죽하여 메밀튀김을 만들기도 한다.

또 별미를 위해 가끔 짬뽕도 식단에 올린다. 짬뽕은 불 맛이다. 야채를 볶고 표고를 더하여 고추장을 넣으면서 육수를 만드는데 고추장이 가라앉으면서 표고 맛이 우러나 사골 같다. 얼마 전엔 표고로 끓인 떡국 육수 빛깔이 거무스레하다고 공양간의 학인 스님이 보고해서 "표고에 습기가 많으면 검은 빛깔이 난다"고 가르쳐주었다. 스마트폰으로 여러 가지 레시피를 보면서 아이디어를 얻기도 하지만 후원을 총지휘하므로 원주는 모든 것을 알고 있어야 한다.

동지가 지나자 공양간에서 큰 말통 2개에 콩을 불리더니 무쇠솥에 콩 삶는 냄새가 진동한다. 콩 120킬로그램으로 청국장을 만들려는 거다. 대중 살림이라 기본 찬도 대량으로 준비하는데 한 달 전엔 송광사에서 직접 재배한 배추 5천 포기를 김장했고, 얼마 전 쌀 열 가마를 사들였다. 안살림을 관리하니 원주 스님의 방 앞 쪽마루엔 늘 들깨 자루며 식생활에 필요한 재료들이 놓이는데 필요한 것들을 미리미리 준비해두는 것이 소임의 하나다.

매주 화요일과 금요일은 공양간, 강원, 선원의 물품 구입 신청서를 들고 기사와 함께 화순과 광주에 장을 보러 간다. 채소와 과일 등 육식이 아닌 모든 것이 장거리다. 일상용품은 20와트 주광색 램프에서부터 목감기 약과 관절염 치료제까지 세속

사람들과 똑같이 필요하다. 사과 주스, 발효유, 식빵 같은 특별식은 전부 선방의 요청이고 이마트에서 산다. 차를 타자 화순 농산물 도매 센터에서 산 표고버섯이 1킬로그램에 15만 원이라는 것이 떠올라 기사에게 "비싸죠" 하고 동의를 구한다.

"이런 말을 해도 되는지 모르겠지만" 원주로서 절 살림을 맡다보면 소비의 극치라는 생각이 들 때가 있다. 알다시피 모든 사찰은 전적으로 불자들의 시주에 의해 운영된다. 자급자족하는 것은 2천여 평의 밭에서 키우는 16가지의 작물 정도다. 십일조로 운영되는 교회도 마찬가지지만. 부처님 시절부터 그러했다. 인도인들은 자신은 못 깨달아도 부처님과 제자인 승려들에게 공양을 올리고 시주하면서 선업을 쌓는다고 생각했다. 급고독장자는 기원정사의 땅을, 마가다 국의 빔비사라 왕은 죽림정사를 지어 부처님께 바쳤고 많은 신도들이 너도나도 다투어 대중공양을 바쳤다. 불교가 널리 퍼지면서 그 전통은 말법 시대인 오늘까지 2,500년 넘게 이어져왔고 앞으로도 그러할 것이다. 나보다 위대한 것에 경배하는 사람들, 불법의 바다 그 엄정한 진리에 몸을 담가본 사람들이 사라지지 않는 한 영원히 그렇게 지속될 것이다.

강원을 졸업하고 율원에서 공부할 때 인석 스님은 이런 의문을 가졌다. "율장은 먹고살기 위해 만든 것이 아닐까." 율장의 기본은 사회 통념에 있다. 당시 인도에는 여러 갈래의 수행자들이 있었고 다른 종파에서 볼 때 불교 역시 외도外道였다. 수행자가 수행하지 않으면, 사회적 관념에서 벗어나면 외면을 받는다. 예나 지금이나 같다. 지원도 당연히 받을 수 없다. 부처님은 종도들을 먹여 살려야 할 의무가 있으므로 율장으로 불교적 이상과 나아갈 길을 만든 것이 아닌가 하고. 이에 승려들은 부처님을 본받으려 노력하고 자신의 최대치를 내려고 수행해왔다. 세속의 삶 속에서는 업과를 벗어나기 힘들지만 승려들이 부처님을 닮아가려는 행위는 이상적인 모습으로 부각되었을 것이다. 여기서 이런 결론을 내릴 수 있지 않을까. 수행이라는 정신의 극치는 소비의 극치를 만회한다고.

동지가 지나자 행자 지원자 2명이 원주 스님을 찾았다. 행자 관리도 원주의 소관이다. 행자 지원자는 하루부터 몇 일간 면벽하면서 자신을 돌아보게 되지만 이번에 온 두 행자는 하루 만에 머리를 깎아주었다. 인석 스님이 보는 것은 단 하나다. "중인가 아닌가. 어떤 스님은 송광사 신장들이 끌어온다."

보조국사 지눌은 송광사(수선사)에 머물던 어느 날 송나라 때 운문종雲門宗을 중흥시킨 설두중현이 절로 들어오는 꿈을 꾸었다. 그는 『벽암록』의 모체가 되는 『설두송고』를 지은 인물인데, 설두의 꿈을 꾸고 나서 그에 필적할 만한 시재詩才를 지닌 혜심이 찾아왔다. 어머니의 사십구재를 지내러 와서 지눌을 만나 출가하고 뒷날 지눌의 뒤를 이어 송광사 제2세 진각국사가 된 인물이었다.

지눌이 혜심을 알아보았듯이 인석 스님도 사람을 알아본다. 모든 생명은 육도 윤회를 하는지라 동물보다는 식물, 식물보다는 패류가 영靈이 낮고 전생에 동물로서 윤회한 사람은 지능이 낮고 착하다고 들려준다. 대부분의 동안들은 천상에서 떨어진 사람인데 언젠가 초등학교 교사인 어머니와 함께 온 동안의 여대생을 원주실에서 맞고 인석 스님의 동공이 벌어졌다. 영이 맑기가 바로 천상에서 떨어진 사람 같았다. "총기가 있어, 나중에 무언가 되겠어." 스님은 그 특별한 손님에게 품을 열듯 차를 대접했고 '희망의 소녀'라고 명명했다. 인석 스님의 맑은 식識으로만 볼 수 있는 직관이었다. 시자侍者의 말대로 "원주 스님도 보통 사람이 아니잖아요".

인석 스님이 율원에서 공부할 때다. 경율을 읽고 해석하는 수업이 있는데 다른 사람들은 몇 번을 읽고 외우다시피 해석했지만 암기를 못하는 인석 스님은 한 번 읽고 직도직해直道直解했다. 공부도 직관으로 한 셈인데 10번 읽고 하는 것과 다를 수밖에 없다. 강사 스님은 이런 인석 스님에게 '이해제일'이라고 명명했다. 사리자와 목건련이 지혜제일, 신통제일로 불렸듯이.

인석 스님의 먹포도처럼 까만 눈은 식識이 맑은 사람 특유의 정기가 담겨 있다. 그 남다름이 저 절로 가게 했을까. 그는 사춘기에도 정신적으로 조숙했다. 아우렐리우스의 『명상록』이나 동서 고전들을 하루에 두어 권씩 다독했다. 글을 쓰기도 했지만 쓰다보면 과장이 되고 본질과 멀어져 그만두었다. 고1 때 이미 출가를 생각했다. 담임에게 말하자 학교를 졸업하고 출가하라고 조언했다. 그 말이 틀리지 않아 고교를 마쳤는데 학우들이 다 대학으로 진학하자 그도 남들과 같은 길로 갔다.

서른 살 때였나. 무슨 마음의 작용인지 절실하게 자신을 돌아보고 싶었다. 그는 제주도를 거쳐 여수로 김제로 긴 여행을 했다. 송광사도 들르고 강원도도 가고 통도사와 범어사도 가보았다. 송광사의 기운이 자신과 가장 잘 맞았다. 그 뒤 집을 팔고 속세의 모든 것을 정리했다. 수처작주隨處作主, 어느 곳을 가든 주체가 되리라. 자신을 위해 살기로 하고 2001년 31세 때 송광사로 출가했다. 전에 백양사에서 만난 행자에게 행자가 무어냐고 물어본 터였다. 청나라 순치 황제의 출가시가 그의 마음을 굳혔다. "곳곳이 수행처요, 쌓인 것이 밥이거늘/ 대장부 어디 간들 밥 세 그릇 걱정하랴."

세속을 떠난 일이 쉽지만은 않았는지 남들보다 긴 행자 생활을 거쳐 사미계沙彌戒를 받았다. 학인 스님으로 강원에서 사집四集을 배울 때는 사구가 꿈속에서 들릴 정도로 환희심을 가졌다. 비구계를 받고 대학원 격인 율원까지 마치자 오대산에 들어가 3년간 천일기도를 했다. 2012년 송광사 선방에 첫 방부房付를 하고 세 달 하안거를 마치면서 원주 생활을 시작했다.

월요일마다 종무회의에 참석하고 일주일의 식단도 그때그때 지시하고 절에서 하는 행사에 인원 배치를 하고 톱을 찾는 시자에게 톱이 있는 위치도 알려주고 사십구재가 들어오면 초재에서 막재까지 준비하여 안좌한다. 원주실에 앉아서도 바쁘긴 마찬가지다. 방부했던 스님의 휴대전화 청구서가 원주실로 날아오면 본인에게 알린다. "3만 7천 원은 내가 내겠으니 앞으로 뒷정리를 잘하라"고 일러준다. 휴대전화로 많은 용무를 처리하지만 엉뚱한 전화를 상대할 때도 있다. 한번은 울리는 휴대전화를 드니 "유산상속을 받으려는데 어떻게 하면 되냐"고 대뜸 물었다. 변호사를 찾아가라고 일러주니 또 상대가 꼬치꼬치 물었다. 모르는 것이 없는 스님은 변호사처럼 상세히 알려주고 나서야 "여기 절입니다" 하고 끊었다. 스님이 되고 싶다고 보내온 편지도 읽는다. 일주일인가 지켜보았지만 확신이 가지 않아 돌려보낸 사람이었다. "저는 이미 세속에 마음이 없어……"라는 편지가 간절하기는 했다.

선禪을 할 때와 원주 일을 하는 건 전혀 다르지만 현실에 맞춘다. 전문가적인 기질과 소견을 가진다. "깡패라면 배짱과 힘이 있어야지 머리로만 깡패면 양아치밖에 안 된다." 프로적인 사고로 일을 하려 하지만 차 타는 시간이 쉬는 시간이 될 만큼 몸이 피곤한 것도 사실이다. 그럴 때면 눈을 감고 검은 묵墨과 다크dark의 느낌이 왜 다른가를 생각한다. 누가 다크 초콜릿을 가져와서 '다크'란 단어가 머리에 박혔다. 묵이 강이라면 다크는 강가의 바위다. 묵이 선禪이라면 다크는 정釘이다. 짜증이 날 때도 웃고 만다. '속세에 쌓아 놓은 선근'이 있어야 가사를 입는다던데 다행이지 뭔가. 스님이 된 것은 "내 업보이니 중을 안 살면 힘들어진다".

언젠가 한번 가족이 찾아왔다. 까마득히 잊고 지낸 가족이었다. 순간 마음이 잔물결에 흔들렸지만 "흔들리면서 올라간다". 나의 삶은 이 길뿐이라는 것을 알고 있기에. 중국 위산 선사의 제자 영운은 어느 날 복사꽃을 보는 순간 크게 깨달았다. 인석 스님도 꿈에서 본 복사꽃이었다. ✳

삼십 년이나 칼을 찾아 헤맨 사이에
몇 번이나 잎이 지고 가지 돋아났던가.
복사꽃을 한 번 본 뒤로는
지금까지 다시는 의심치 않았네.
三十年來尋劍客 幾回落葉又抽枝
自從一見桃花後 直至如今更不疑

젊음의 분기점에서
고원의 금빛 절로

해인사 혜인 행자

속세를 떠나 모래바람을 뚫고 나의 한가운데로 걸어가려는 수행자
당신에게 사막이란 무엇일까 행자여
그것은 당신 쪽으로 끊임없이 걸어오는 붓다였다

젊음의 분기점에서
고원의 금빛 절로

—해인사 혜인 행자

얼마 전 문인 몇 명이 한자리에 모이게 됐다. 소설가 Y씨와는 첫 대면이었다. 지금은 교수가 되어 작품 활동이 전보다 뜸하지만 샤프심 같은 감수성으로 여심을 사로잡은 작가였다. 그동안 사진으로만 보아왔는데 "젓가락으로 면발을 깨작깨작 건져" 먹을 것 같은 까탈스러운 모습은 여전하지만 더 이상 청년은 아니었다. 만 48세라는 후배 작가 K에게 Y씨는 오십이 되면서 무엇이 달라졌는가를 들려주었다. 거울이 보기 싫고, 사람이 만나기 싫고, 술 마시고 아침에 깨면 자괴감이 들어서 술도 싫다고. 생애에서 오십은 대부분의 사람들에게 분기점이 되나보다. 살아온 날보다 살아갈 날이 짧아지고, 신산한 삶을 반추하듯 몸도 삐걱거리며 신호를 보내면 혈기도 내면으로 향한다고 할까. 장석주의 시에도 오십의 적막함과 기도가 수정 같

은 필치로 그려져 있다.

작약꽃 피었다 지고 네가 떠난 뒤
물 만 밥을 오이지에 한술 뜨고
종일 흰 빨래가 펄럭이는 걸 바라본다.
바람은 창가에 매단 편종을 흔들고
제 몸을 쇠로 쳐서 노래하는 추들,
나도 몸을 쳐서 노래했다면
지금보다 훨씬 덜 불행했으리라.
노래가 아니라면 구업을 짓는
입은 닫는 게 낫다.
어제는 문상을 다녀오고,
오늘은 돌잔치에 다녀왔다.
내가 어디에서 와서 어디로 가는지
더 이상 묻지 않기로 했다.
작약꽃과 눈[雪] 사이에 다림질 잘하는 여자가
잠시 살다 갔음을 기억할 일이다.
떠도는 몇 마디 적막한 말과

여래와 같이 빛나는 네 허리를 생각하며

오체투지하는 일만 남았다.

땀 밴 옷이 마르면

마른 소금이 우수수 떨어진다.

해저보다 깊고 어두운 밤이 오면

매리설산梅里雪山을 넘는 야크 무리들과

양쯔강 너머 금닭이 우는 마을들을 떠올린다.

누런 해가 뜨고 흰 달이 뜨지만

왜 한번 흘러간 것들은 다시 돌아오지 않는가.

바람 불면 바람과 함께 엎드리고

비가 오면 비와 함께 젖으며

곡밥 먹은 지가 쉰 해를 넘었으니,

동쪽으로 난 오솔길을 따라가는 일만

남았다. 저 설산 너머 고원에

금빛 절이 있다 하니

곧 바람이 와서 나를 데려가리라.

—장석주, 「몽해항로 5-설산 너머」 전문

오십의 문턱에 들어서면서 내가 찾고자 했던 것도 금빛 절이었을까. 청춘도 고통도 한바탕 꿈인 듯 빈 무대에 서서 황토바람 불어오는 사막을 문득 생각했다. 옷자락 날리며 붓다의 길을 따라갔던 수행자들의 발자국을. 문학을 통한 '구원 찾기'도 진아眞我로 가는 여정이 아니었던가. 생은 자기를 찾아가는 구도求道에 다름 아니므로.

오래전 경남 쪽의 어느 암자에 간 적이 있었다. 어떻게 가게 됐는지 암자 이름도 기억나지 않는다. 단지 절에서 먹은 열무김치에 스민 재피의 독특한 맛과 눈이 맑고 내성적으로 보이던 젊은 행자만 기억난다. 아마도 하룬가 절에 머물렀던 것 같다. 내가 책을 들고 절을 나서려고 하니 문 앞에 서 있던 행자가 다가와 뜻밖의 부탁을 했다. 내가 읽던 책을 자기에게 빌려줄 수 있는지를. 내가 들고 간 책은 생텍쥐페리의 『인간의 대지』였다. 이런 일이 없었다면 물론 책 이름을 기억 못할 테지. 내가 무어라고 대꾸했는지 생각나지 않지만 그대로 들고 온 걸 보면 행자에게 곧바로 책을 넘겨주지 않은 것이 분명하다.

대신 나는 집에 돌아와 주지 스님께 편지를 써서 내가 보던 『인간의 대지』와 함께 절로 부쳤다. 행자님이 책을 빌려달라고 했으나 혹시 수행에 방해가 될까봐 주지 스님께 보내니 판단해서 주십시오, 하고. 모범생과는 거리가 멀면서 왜 그렇게 고지식하게 굴었을까. 어쩌면 나는 수행을 너무 경건하게 여긴 나머지 문학서까지도 방해가 될지 모른다고 생각했던 것 같다.

헨리 밀러의 『북회귀선』도 아니고 『채털리 부인의 사랑』도 아닌데. 정기항로의 조종사인 생텍쥐페리 소설엔 비행하고 불시착했던 사막 이야기만 나오는데. "비행기에서 내다보는 밤 풍경이 너무나 아름다울 때면 조종을 하지 않고 비행기가 가는 대로 가만 내버려둔다"는 조용한 문장은 지금까지도 잊지 않고 있다. 조종사와 비행기가 한 몸으로 별의 바다를 유영하는 장면은 상상만으로도 가슴이 차올랐다. 10년 전 다시 신판을 사서 밑줄을 그은 구절들은 새삼 사막에 대한 동경심을 일깨웠다.

"사막이 처음에 공허하고 침묵뿐인 것은 일시적인 연인에게는 절대로 자신을 내맡기지 않기 때문이다."

"당신에게 사막이란 무엇일까, 중사여. 그것은 당신 쪽으로 끊임없이 걸어오는 신이었다. (…) 사막은 우리에게는 무얼까? 그것은 우리 속에서 생겨나는 무엇이다. 우리 자신에 관해 우리가 배우는 그것이다."

　조종사의 소설을 읽고 싶어 했던 젊은 행자. 봄인지 꽃나무 옆에 서 있던 그의 모습도 아지랑이처럼 가물거린다. 그 뒤로 행자라는 단어를 들으면 『인간의 대지』에 그려진 사막이 떠오른다. 속세를 떠나 모래바람을 뚫고 나의 한가운데로 걸어가려는 수행자. 당신에게 사막이란 무엇일까, 행자여. 그것은 당신 쪽으로 끊임없이 걸어오는 붓다였다.

　해인사로 간다. 신라 말기의 흐트러진 정치를 혼자 힘으론 바로잡을 수 없어 고운孤雲 최치원이 일가를 거느리고 들어가 은거했다는 가야산 해인사. 산이 전 국토의 70퍼센트를 차지하고 삼국시대부터 불교가 한민족의 정신문화를 이루었기에 "명산에 명찰 없음이 없고 명찰이 있는 곳에 명산이 있다". 그래서 사찰의 일주문에 근원인 듯 산 이름을 앞세워 '영축산 통도사', '조계산 송광사', '가야산 해인사'라고 표기한다. 높이 1,430미터 가야산은 이중환의 『택리지』에도 "뾰족한 바윗돌이 불꽃같이 이어졌으며, 공중에 솟아 지극히 높고도 빼어났다"고 기록돼 있다. 또 오대산, 소백산, 가야산을 외적의 침입이 미치지 못하니 "예부터 삼재가 들지 않는 곳"이라 하고, 나라의 가장 큰 명

산들에 속하며 "세상을 피해서 숨어 사는 무리들이 수양하는 곳"이라고 했다.

해인사 앞자락인 홍류동 계곡을 굽이굽이 돌아가면 '과연!'이라는 감탄사가 절로 나온다. 여여히 흘러가는 물소리조차 봄의 폭발을 감춘 듯 남다른 기운을 느끼게 한다. 시비를 다투는 말이 귀에 들릴까봐 미친 듯 바위에 부딪치는 물소리로 온 산을 둘러싸게 하였다고 고운이 읊었지. 세속과 확연히 격리되는 탈속의 영역이 갓과 신만 남겨둔 채 고운이 종적을 감추었다는 전설을 만들었을 것이다. 장마가 그친 초여름 날 갓을 쓰고 신라인처럼 홍류동 계곡 따라 걸어가고 싶다.

성철 스님 부도에 참배하고 일주문으로 들어서니 하늘로 솟아오른 거목들이 양편에 늘어서 있다. 지난여름에 왔을 때보다 나무들이 우람해 보인다. 목이 아프도록 올려다보다 이유를 알았다. 잎을 피우기엔 아직 일러서 줄기만 뻗어 있으니 나무가 더 잘 드러나 보였다. 상록수인 전나무는 하늘에 닿을 듯 꼭대기에 잎을 우산처럼 펼치고 있다. 1951년 초판이 발행된 『합천해인사지』에 "일주문에서 봉황문에 이르는 길의 양옆에 활엽수 원시 거목이 밀림을 이루어 온종일 태양을 볼 수 없다"고

기록돼 있다. 그때 나무가 더 많았고 또 여름이라 잎이 무성했나보다. 겨울에 일주문에 들어서면 잎을 떨군 거목들이 하늘을 찌를 듯 곧게 뻗어 해인사의 기상을 알려준다. 나무가 휴식하는 겨울에 해인사는 참모습을 드러낸다.

의상의 법손인 순응에 의해 신라 제40대 애장왕 3년(802년) 왕실의 후원으로 창건된 고찰 해인사. 자료에 의해 추정하면 고려 충숙왕 5년(1318년)부터 공민왕 9년(1360년) 사이에 팔만대장경이 이전 봉안되면서 국가의 정신인 불법佛法을 지키는 막중한 임무를 맡았다. 온갖 위기를 넘겨 오늘날까지 이어져오니 엄연한 법보法寶사찰이 되었다. 해인海印이란 아름다운 이름도 예사로운 것이 아니다. 대승 경전의 최고봉으로서 동양 문화의 정수라고 일컬어지는 『화엄경』에 나오는 해인삼매海印三昧에서 비롯된 것으로 "해인이란 있는 그대로의 세계를 한없이 깊고 넓은 바다에 비유하여, 거친 파도 곧 중생의 번뇌 망상이 비로소 멈출 때 우주의 참된 모습이 그대로 물속에 비치는 경지를 말한다. 이것이 부처님의 깨달음의 모습이요 오염되지 않은 무구한 우리 중생의 본디 마음이다".

봉황문에서 가람伽藍을 수호하는 국사단을 지나 층계를 오르면 해탈문에 들어서고, 구광루와 종고루를 스쳐 다시 층계를 오르면 삼층 석탑과 석등 좌우로 수행 공간인 궁현당과 관음전 옛 건물이 자리 잡고 있다. 2월의 고요한 도량道場에 서니 은자들의 수양터라는 『택리지』 글이 그대로 가슴에 들어온다. 다시 가파른 층계를 오르면 사찰의 중심인 대적광전이 높은 축대 위에 솟아 있고 좌우로 대大비로전과 응진전 등이 있는데 예불 공간이다. 법당 뒤로 또 가파른 층계를 오르면 수다라장修多羅藏이란 현판을 단 팔만대장경 보존처 장경각이 나온다. 여기에 이르기까지 오르는 층계 수가 108개라는데 평지 가람인 통도사, 송광사와 달리 해인사가 산지 가람임을 느끼게 한다. 한 단계 한 단계 올라갈수록 사찰을 굽어보는 산이 심중에 다가서는 듯하고, 산과 고찰의 위용에 내가 스스로 낮아진다. 하심下心. 층계를 계속 오르면서 힘들다 했더니 해인사 가람이 가르쳐주는 것이 바로 하심이었다.

행자실 벽 한가운데도 하심이란 글씨가 걸려 있다. 수행자가 되기 위한 첫 단계가 행자이니 가장 먼저 배워야 할 것이 하심인가보다. 인간의 불완전함과 결핍을 느껴야 나보다 더 완전하고 위대한 것, 깨달음과 진리에 대한 갈망을 가질 것이다.

성철 스님이 백련암에 계실 때 잠깐 뵌 일이 생각난다. 업에 관한 질문을 하자 "업은 자기가 만드는 것"이라 했다. 그 뒤 잊고 있었지만 이 말이 무의식 속에 화두가 되었는지 어느 날 뒤늦게 업이란 자기 불완전함이 만드는 것임을 깨달았다. 선지식의 법문은 새벽의 샘물처럼 우리의 뇌리를 일깨운다. 자기를 알고자 한다면 '깨달음의 종교'인 불교에 필연적으로 다가서게 된다.

혜인慧仁 행자는 대학 1학년 말 학사 경고를 받으면서 나는 누구인가를 생각하기 시작했다. 지금까지 무엇을 한 건가? 대학은 왜 다니나? 나와서 무엇 하나? 무얼 하고 살아야 하는가? 고등학교 때 어머니가 지병으로 돌아가셨지만 대학이란 목표가 있어 무난히 들어왔다. 그러나 대학에 들어와도 해결되는 것이 없었다. 방황했고 지푸라기를 잡듯 방송국 동아리를 열심히 했다. 동아리만 너무 열심히 한 나머지 성적이 안 나와서 제적을 당했다. 아버지는 한 달간 말을 하지 않았다.

교대 국어교육과 출신으로 교사인 아버지는 장남에게 어릴 때부터 애착이 강했다. 일기를 쓰게 하고 매일 체크하여 감상을 적어 넣기도 했다. 6학년 여름방학 때는 삼부자가 매일 자전거를 타고 한강을 2~3시간 오고갔는데, 그 일을 일기에 적으니 "찬란했던 이 여름을 기억하라"는 뜻의 글을 덧붙여두었다. 개학 후 담임이 일기장을 검사하고 아버지가 뭐 하는 분이냐고 물었다.

아버지는 어린 아들을 절에도 데리고 갔다. 건물에 대해 설명해주기도 하고 1천 원을 주면서 불전에 올리라고 시켰다. 교회를 지었던 형수가 교회에 아들을 데려가면 싫어했고, 아내가 개종하고 절에 열심히 다니자 장애인과 함께하는 캠프에도 아들을 보내주었다. 공부하라는 말은 하지 않았고 아들이 하고 싶어 하는 것은 다 밀어주었던 아버지. 대신 실수하면 불호령이 떨어졌지만 꿈이 있어야 한다, 도전하라, 고민하라, 하고 늘 말했다.

일단 다시 대학에 들어가기로 하고 원하는 신문방송학과에 들어갔다. 한 학기는 바쁘게 보냈지만 곧 이것도 아닌 것 같았다. 정신적으로 안정이 되지 않았고 다른 것을 찾으려 했다. 처음엔 여자 친구에게 빠졌다. 반년간 학교도 거의 가지 않고 여자 친구만 만나서 아버지가 싫어했다. 사이비 종교에도 잠시 빠졌지만 이것도 백일기도가 끝나자 더 이상 나가지 않았다. 당시의 고민은 '나의 용도는 무엇인가?'였다. 책상이 수영장에 있으면 이상하지 않은가. 방석이 책상 위에 있으면 이상하지 않은가.

군대를 제대하고 인도를 여행했다. 동기와 나란히 자다가 제대하면 인도에 가야겠다고 불쑥 말한 뒤로 군에서 받은 월급을 꼬박 모았다. 짬밥만 먹으니 초코파이가 당겼지만 잘 참았다. 그렇게 2년을 모은 100만 원으로 마더 테레사가 머물렀던 콜카타와 푸쉬카르에 갔다. 관광 안내소에 가서 자원봉사를 하고 싶다고 하고 난민촌에도 갔는데, 인도에 갔다 오니 힘이 생겼다. 세상은 넓었다.

복학한 뒤엔 방학 때 케냐와 탄자니아에 갔다. 마사이마라 국립공원 안쪽의 원주민 마을에서 수학과 체육을 가르쳤다. 같이 놀아주고 늘 함께 있으니 아이들이 너무나 좋아했다. "내가 뭔데 이리도 좋아하나." 사람이 행복할 때 제일 빛난다. 사람들을 행복하게 해주니 자신이 살아 있다는 것이 느껴졌다. '사람이 하늘'이라는 최제우의 인내천人乃天 사상도 이런 것일까. 학우들은 취업 고민과 결혼 생각을 했지만 그는 정토회서 하는 리더십 아카데미에 참여하고 자원봉사에 열중했다. 직업을 가져야 한다면 외교관이 되고 싶었다. 외교관이 쓴 책을 읽으니 국민을 위해 범세계적으로 일하는 사람 같아서 멋있었다.

졸업이 다가오자 외무부 고시를 준비한다고 한 학기를 남겨두고 휴학했다. 자신도 대열에 밀려 진로를 결정해야 했다. 여름에 고시 준비를 하면서 우연히 조계종 교육원에서 만든 '청년출가학교 2기' 프로그램을 보게 되었다. 해남 미황사에서 열리는 8박 9일 체험 학교였다. 어쩐 일인지 마음이 강하게 끌렸다. 대학 때도 불교 동아리를 했고 군에서는 법당의 군종병 모집에 제일 먼저 손을 들고 소임을 맡았던 터였다.

프로그램은 스님 법문과 교수 강연, 요가와 소임으로 짜였다. 사흘째 되는 날 한 교수님이 "저는 아픈 사람입니다"로 강의를 시작했다. 우리 몸의 중심은 어딘가?라고 질문하고 "아픈 곳이 중심"이라 말했다. 허리가 아프면 허리가 중심이요, 마음이 아프면 마음이 중심이다. 이어 부처님 생애에 대해 들려주고 출가란 남을 위한 삶이라고 했다. "멋지지 않습니까?" 교수님 말에 순간 머리가 띵했다. '출가'라는 단어가 천둥처럼 뇌리에 울렸다. 출가하고 싶다는 생각이 들었다. 해도 될까? 그날부터 잠도 제대로 못 자고 며칠 내내 번민했다.

오후의 요가 시간은 몸이 그를 일깨웠다. 요가로 몸이 이완

되니 마음도 풀어지면서 스르르 눈물이 났다. 내 속에 철없는 아이, 엄청 어린 아이가 있는 것이 보였다. 어머니가 늘 아팠기에 참는 것을 먼저 배웠다고 생각해왔지만 새 가족들과 소통이 안 되니 나를 알아달라고 씩씩거리는 어린아이가 그의 속에 누워 있었다. 새어머니를 무시했다는 것도 알았다. 어머니가 생전에 말하길 장남인 그는 자신의 기쁨조고 사는 이유 일순위였다. 초등학교 저학년 땐가 햄을 동생이 다 먹었다고 반찬 투정한 일이 잊히지 않는다. 어머니는 갑자기 눈물을 쏟으며 "나는 아파서 힘든데 너는 반찬 투정하니" 하고 고통을 호소했다. 그때 처음으로 어머니가 아프다는 걸 알았다.

뒤로 어머니는 병원에 몇 번 입원하고 절에서도 요양했다. 소년은 아무도 없을 때 중환자실에 가서 등도 닦아주고 할 수 있는 한 보살폈지만 어머니는 장남이 고등학교 1학년 때 운명했다. 고교 졸업 때 아버지가 재혼했다. 새어머니에게도 자식이 있어서 갑작스런 동거에 적응이 되지 않았다. 갈등이 따랐고 그의 갈등이 다른 가족에게도 영향을 미쳤다. 그는 방황하면서 외로웠다. 친구도 많았지만 얘기가 깊이 들어가려 하면 거리감을 느꼈다. 그때 "힘든 사람에게 손 내미는 사람이 되고 싶다"고 생각했다. 어머니를 여읜 상실감 때문이었다.

6일째에 〈행자계를 받다〉란 MBC 다큐멘터리를 보았다. 그때 계를 받고 10년 뒤 인터뷰한 스님들 모습도 비쳤는데 다 행복해 보였다. 그에 비하면 스티브 잡스까지 초라해 보였다. 감동적이었다. 나도 출가자의 길을 가리라. 다큐멘터리가 끝나자 스님이 "머리 잘라볼 사람?" 하고 물었고 그는 손을 들었다. 혼자 머리를 깎았지만 그건 큰 결심도 아니었다. 고등학생 때도 한 달에 한 번 자르기 귀찮아서 세 달에 한 번 짧게 잘랐다. 스님이 머리를 밀어주시니 누가 가려운 등을 긁어주는 것 같았다. 머리를 깎고 나자 텔레비전 인터뷰 요청이 들어왔다. "출가가 무언지 알려면 머리도 깎아봐야 하지 않느냐"고 말했다. 꼭지 뗀다는 말이 있다. 여자 친구도 반년간 정신없이 만났지만 그 후론 더 이상 여자 친구를 사귀지 않았다. 행자가 된 뒤엔 우연히 쫄병스낵에 맛을 들여 누가 밖으로 나가면 사달라고 부탁했다. 뒤에는 아예 한 상자를 갖다 놓고 한 달간 먹고야 완

전히 꼭지를 뗐다.

　그날 한 스님이 그를 바라보는 눈빛이 남달랐다. 그의 머리를 깎아준 교육국장 가섭 스님이었다. 그는 가섭 스님에게 상담을 요청했다. 그전에 혼자 백팔 배를 하고 스님과 대면했다. 어떻게 삭발할 결심을 했는지 물어서 인생 이야기를 했다. 싫어하는 걸 안 하는 성격이라 내가 하고 싶은 것만 하는데도 늘 2퍼센트가 공허했다고 토로했다. 외무고시 공부도 2퍼센트 공허했지만 여기 오니 채워지는 것 같다고. "출가하면 돼." "저도요." "상좌했으면 좋겠다." "영광입니다." 1퍼센트의 미혹을 가섭 스님이 거두어주면서 그의 은사가 되었다.

　전날 미황사 부근의 바닷가에 나가서 프리허그Free Hugs도 하고 닭싸움을 건 스님이었다. 그는 다른 동기와 닭싸움을 해서 이기고 가까이 서 있는 가섭 스님에게 시합을 제의했다. 스님이 완패했고 다시 기회를 가졌으나 또 스님이 졌다. "전생에 무슨 인연이 있길래 스님을 두 번이나 이기나" 하셨다. 상좌가 된 뒤 은사 스님 절에 따라가니 보살님이 반기며 일러주었다. 주지 스님이 절을 나서면서 "상좌 데려올게" 하더니 말대로 됐다고.

그날 밤 한참 울었다. 지난 방황이 필름처럼 스쳐갔고, 이 자리가 내 자리다 결심하고 나니 가슴이 벅찼다. 스티브 잡스는 내가 하고 싶은 일을 하면 다른 것은 부차적인 문제가 된다고 했다. "크게 버리면 크게 얻는다"고 하더니 2퍼센트를 채우려면 크게 버려야 했다. 세상 사람들은 삶의 주인이 되려는 게 아니라 시스템이라는 거대한 톱니바퀴에 끼이길 원하는 것 같았다. 대학에서는 A 몇 퍼센트, B 몇 퍼센트 상대평가를 하고, 학우들 열에 아홉은 대기업에 가기를 꿈꾸었다. 어느 회사에 가면 진급이 빠르다느니 그런 이야기만 하지만 혜인 행자는 경쟁 시스템이 싫었다. 돈을 내가 가져가면 그만큼 남이 못 가져간다. 내가 외무고시에 합격하더라도 운이 안 따라준 어떤 사람은 떨어질 것이다. 수행의 세계는 다르다. 내가 깨달았다고 해서 다른 사람의 깨달음을 빼앗는 것이 아니다. 또 속세에선 결혼이 인생의 목적인 양 매달린다. 수행자가 되려는 젊은 혜인의 눈엔 "결혼은 왜 하는지 모르겠네".

청년출가학교에서 감화받은 스님들의 도력도 영향을 주었다. 프로그램에 참석한 스님들은 특별히 무언가를 해주지 않아도 청년들을 지켜보며 같이 산책하고 차를 마시며 편하게 해주었다. 바쁘지 않고 평온했다. 세속과 다른 분위기에 참가자들이 서서히 변화해서 "스님들은 사람을 빛나게 하는 사람이구나" 느꼈다. 마지막 회향 날 50여 명이 모여 각자 하고 싶은 말을 했다. 처음 들어올 땐 생존 본능 같은 적대감이 있었지만 누그러졌다. 상처 없는 영혼은 없다더니 거의 다 꺼내고 싶은 부분이 있었다. 모두가 마음을 열고 눈물을 흘리면서 자기 얘기를 했다. 사람들 얼굴이 빛났고 그런 모습들이 멋있었다. 마지막으로 회향에 참여한 스님이 나와서 감사의 말을 했다. "여러분들이 우리의 존재 이유를 밝혀주었습니다."

아버지에게 결정을 알리러 갔다. 아버지가 슬퍼하더라도 괜찮을 것 같았다. 더 많은 사람들을 행복하게 해주면 된다. 아버지가 자꾸 마음에 걸리는 건 유교적인 가치관이 작용한 거라고 생각했다. 다른 나라에 태어났다면 성인이 자신의 인생을 결정하면서 부모 걱정은 안 할 것이다.

아버지는 장남이 출가한다는 말을 듣자 "나 죽어버리겠다"고 뒤로 넘어졌다. 침착한 분인데 이성을 잃었다. 혜인은 바위처럼 꿈쩍하지 않았다. "죽으세요. 죽으셔도 저 가겠습니다." 두 분은 영원한 이별이나 하듯 울었지만 "이렇게 강한 확신이

든 적이 없다"고 아들은 힘주어 말했다. 여자는 사랑을 받고 싶어 하니 남자인 아버지가 어머니를 사랑해주시라는 말도 했다. 결국 두 분은 웃는 얼굴로 아들의 출가를 받아들였고 아버지는 혜인 행자에게 삼배를 했다. 혜인도 아버지께 마주 삼배하고 속가를 떠나며 생명을 주고 길러준 분을 힘껏 안아드렸다.

새벽 2시 50분 기상. 공양간에 가서 기본 세팅을 한다. 치즈와 김이 매일 나가므로 김을 자르고 물이 끓도록 불을 댕겨 놓는다. 15분 정도 빈 시간에 세수하고 예불에 들어갈 준비한다. 행자들은 법당에 제일 먼저 들어가 기다린다. 50분가량 걸리는 예불이 끝나면 거처에 가서 씻거나 차를 마신다. 4시 30분 조왕단 예불. 삼배한 뒤 행자 수칙을 외우고 반장의 공지 사항을 듣는다. 이어 아침 공양 준비. 혜인 행자는 국 끓이는 소임을 맡은 갱두羹頭다. 전임자에게 습의習儀를 물려받는데 습의 노트도 시간이 흐르면서 업데이트된다. 야채와 콩이 어묵처럼 만들어져 나온 채묵탕이 생겼다. 육수를 끓일 때 고추를 넣으니 맛있어서 고추를 추가했다. 공양 준비가 끝나면 대중공양이 끝날 때까지 대기하고 행자들은 맨 마지막에 공양을 한다. 공양 뒤 처리는 3시간 걸리고 9시 반에 부처님께 마지摩旨를 올린다. 사십구재가 있으면 떡과 과일을 상에 올리고…….

말로 들으면 평범한 일 같지만 행자 일이 결코 만만하지는 않다. 세속의 습관을 버리고 '중물 들이기'의 시작이므로 하심이 먼저 요구된다. 시선을 밑으로 내리고, 오른손을 왼손 위에 얹어 모으는 차수 자세도 행자가 지켜야 할 하심 사항이다. 중노릇 모든 것이 행자 기간과 강원 교육까지 5년 동안에 형성되므로 중요한 만큼 엄하다. 사찰 중에서도 해인사 행자 노릇이 가장 힘들기로 꼽히는데 군대로 치면 해병대고 인원도 가장 많아서 전국 절의 행자들이 모여 집체 교육을 받을 때면 으레 해인사 행자가 반장을 맡았다. 그 속에서도 "해인사 행자가 다르다"고 스스로 느낄 정도다.

1993년 성철 스님의 다비茶毘를 보고 출가했다는 종현 스님(《월간 해인》 편집국장) 말에 의하면 당시엔 행자 수가 40명이나 되어 칼잠을 잘 정도였고, 일부러 쫓아내야 할 만큼 절 식구가 많았다. 산에서 기도하다가 머리 기르고 들어온 행자, 계를 받으면 돌려주지만 승용차에 생필품을 잔뜩 싣고 와 재산 압수를 당한 행자 등 다양했다. 그때는 지금보다 훨씬 규율이 엄했다. 못 견디고 돌아간다 해도 삼천 배를 시켜서 몰래 도망가는 사태가 벌어졌다. 하루는 교무국장이 고속도로를 달리는데 맞은편에서 한 남자가 두 손을 모은 차수 자세로 성큼성큼 도로를 걸어오고 있었다. 바로 해인사 행자였다. 얼마나 엄하게 행자 교육을 받았으면 차수를 한 채 도망갈까. 그 뒤로 절에서 행자실 문지방 위에 3만 원을 올려놓았다. 힘들어서 몰래 도망가는 행자에게 차비로 쓰라는 배려였다.

혜인 행자는 제46기 행자로 들어와 세 달간 원주 시자로 일했다. 절의 모든 물품은 원주실서 타가므로 재고 파악을 해야 한다. 위치 파악만 한 달이 걸릴 정도로 창고가 넓다. 사람도 많이 상대해야 한다. 자기 시간이 없을 정도여서 힘들었고 얼굴도 좋지 않았다. 처음 행자로 들어왔을 땐 "나를 태워버리겠다, 죽어도 좋다"고 생각할 만큼 환희심을 가졌다. 속세의 습習이 행자 생활 몇 달로 사라지는 것이 아니어서 초발심初發心도 오르내렸다. 가까이서 보던 은사의 사제師弟가 하루 3번 백팔 배를 하라고 일러주었다.

시자실에서 내려온 지금도 하루 3번 백팔 배를 하지만 원주 대안大安 스님을 가까이 모신 것은 복이었다. 일관되고 차분하다. 누구나 힘들면 짜증이 나고 나를 놓치기 쉽지만 원주 스님은 급한 상황에서도 흐트러짐이 없다. 필요한 말만 하지만 말에 힘이 있다. "그것 점검해달라" 하면 다른 건 제쳐 놓고 그것부터 하게 된다. 원주 자리가 말이 많아도 누가 뭐라고 하든 끄덕도 하지 않는다. 행자들이 자신을 몰라주어도 개의치 않는다. 권위적이지 않고 배려하면서 "모든 것은 수행이다"라고 말한다. 큰 산처럼 버티고 행자들을 지켜주는 원주 스님, 보기만 해도 마음이 편한 대안 스님을 혜인 행자는 '하심대마왕'이라 이름 지었다.

흔히들 복을 짓는다고 말하지만 혜인 행자는 "복을 만든다"고 생각한다. 그가 은사 스님을 좋아하니 상좌가 되는 복이 되었고, 원주 스님을 알아보니 하심의 거울이 되었다. 행자로 등록하고 무사히 소임을 마친 8명은 2월 중순 행자 교육원에서 3주간 집체 교육까지 마치고 사미계를 받는다. 앞으로도 은사 스님이 정해주는 대로 공부하고, 뒷날 지구를 누비며 만행萬行하기를 꿈꾼다.

시스템이란 톱니바퀴에 맞물려야 하는 경쟁 사회에 등을 돌렸으니 온전히 자기 삶의 주체가 되리. 일찍 삶의 고苦를 알고 상실감의 열매인 듯 젊음의 분기점에서 구도의 길로 들어섰으니. 이제 남은 것은 끝없는 자기와의 싸움. 해인사가 가르쳐준 하심과 치열한 자기 응시를 잊지 않는다면 한 깨달음의 꼭지를 뗄 날도 있으리라. 사미계를 받으면 은사 스님의 절 '수미산 불국사'에서 초봄의 햇살을 당겨 냉잇국도 끓이고 『천수경』을 외우겠지. 절간의 평화로운 시 한 편을 읽으니 '수미산'의 안부를 전해 받은 것 같다. ❀

　　뽕잎 뒤에 붙어서 비 피하는

　　자벌레,

　　비 오시고 심심하니

　　쌍계사 저녁 공양 때까지

　　종일을

　　뽕잎 경經이나 사각사각 외운다.

　　—장석주, 「자벌레」 전문

우리는 곧 떨어질 꽃처럼
살고 있다

상좌 성안을 범패로 떠나보낸 동주 스님

나고 죽음이 없으니 무상하다는 건 알지만 정이란 게 고약스러워
논리적으론 불생불멸이나 가슴이 아프고 허전한 정
이치만 알아서는 냉혈이 돼요 이치도 알고 감정이 풍부해야 자비가 생겨요

우리는 곧 떨어질 꽃처럼
살고 있다

―상좌 성안을 범패로 떠나보낸 동주 스님

아침 4시 40분에 기상, 1시간 정도 영어로 『법화경法華經』 사경寫經을 하고 법당에 가서 백팔 배 참회로 예불을 올린 후 대만 스님과 같이 6시 50분까지 아침 좌선을 하고 7시 20분 아침 공양, 이것이 이곳에서의 하루 시작입니다. 강의가 있는 날은 공양 후 미리 배울 부분을 예습하고 배웠던 부분 중 이해되지 않은 부분은 도서관에서 자료를 찾아 읽어보게 됩니다. 쉬운 부분도 영어로 접하게 되면 강의 이해에 어려움을 느낄 때가 있으며 특히 질문에 응답하는 것이 아직은 많이 서투르고 또한 저의 발음이 정확하지 않아서 가끔씩 교수님과 학생들이 이해를 못할 때가 종종 있습니다. 불교 심리학을 지도하는 미국인 스님은 베트남에서 수계를 받으시고 지금은 불교대 학장으로 계신데 연세가 80세인데도 3시간 동안 쉬지 않고 열강하시니 존경스럽고 부러움을 느끼게 됩니다.

어제는 자동차로 1시간 30분 거리에 위치한 오렌지 농장에 있는 농가에서 1박 2일 수행하게 되었습니다. 양곤Yangon과 런던에서 의학 공부를 하여 허파 수술에 관하여 일인자로 알려져 있는 미얀마 여성이 평소 꿈이었던 위파사나 수도원을 설립하여 큰스님을 모시고 수행하고 있습니다. 농가의 주차장을 개조하여 만든 법당에 40명의 수행자들이 빽빽이 앉아서 수행하고 있는데, 전에 한 수행자가 시설의 불편함을 호소하니 주지 스님이 즉시 답변하였습니다. 편하려면 집에 있지 무엇 하려고 절에 오느냐고. 또 이러한 속에서 우리는 우리 자신을 보는 것이 더욱 중요하다고 말하니 그 후로는 모든 사람들이 사찰 시설에 대하여 왈가불가하지 않고 조금씩 돈을 모아 절 공터에 더 좋은 선실을 지으려고 계획한답니다. 이번엔 캐나다 토론토에서 2명의 여성 수행자가 왔고 콜로라도에서 자동차로 18시간 운전하고 온 부부도 있습니다. 나머지는 캘리포니아에서 왔다고 합니다.

5월 9일부터 말일까지는 미얀마에서 제게 법명을 주시고 지도해주신 85세의 우 판디타 스님께서 산호세에 위치한 베트남 수도원에 수행 지도를 하러 오신다고 합니다. 방학하면 일주일이나 열흘 수행하려고 합니다. 연로하시고 또한 장거리 비행이라 스님께도 너무나 힘든 여정일 것 같습니다. 2000년에 미얀마를 떠난 후 4년 만에 다시 뵙게 된다니 기쁘고 기다려집니다.

한국을 떠나 은사 스님의 배려로 여기서 공부할 수 있게 된 것에 대하여 늘 마음 깊이 감사드리고 있습니다. 단지 저의 약체질이 염려되어서 한시도 편안한 날이 없습니다. 스님이 건강하셔서 제가 바람직한 수행자가 되도록 항상 질책하여 주셨으면 합니다. 스님을 뵌 지 엊그제 같은데 벌써 18년이라는 시간이 흘러갔습니다. 인연이라는 것이 오묘하여 38살의 나이에 반 인생이 스님의 그늘에서 살아온 것 같습니다. 항상 법체가 여여하시기를 불전에 축원드리고 있습니다.

2004년 늦봄

성안 드림

이 편지는 2014년 4월 27일 입적하기 전까지 해인사 팔만대장경 보존국장으로 재임했던 성안性安 스님이 10년 전 미국 로스앤젤레스의 서래west대학에서 석사과정을 밟을 때 은사인 동주 스님(홍원사 회주, 서울시 무형문화재 제43호 경제어산 보유자)께 보낸 것이다. 인간이 만물의 영장이라지만 내일을 알 수 없으니 어찌 10년 뒤 일을 알 수 있겠는가. 비 오는 봄날 도로에 흩어진 꽃잎처럼 입적할 명을. 오래전엔 한 시인의 부고를 들은 다음 날 그녀의 편지를 받은 적도 있었다. 산행을 하기 이틀 전에 보낸 편지였다. 선일 스님의 법문대로 "철마다 철마다 우린 모두 곧 떨어질 꽃처럼 살고 있다".

5월 초하루 성안 스님 영결식 때 맨 앞자리에 앉은 속가의 어머니와 은사 동주 스님은 흐르는 눈물을 어쩌지 못해 계속 눈물을 닦았다. 성안 스님이 해인사에 입산하여 사미계를 받은 것이 1994년 28세였으니 부모와의 속연과 은사 스님과의 법연의 세월이 같다. 동주 스님은 지금도 기억한다. 28년 전 서울역 대합실에서 만난 한 대학생의 모습을. 동주 스님이 불국사에 가기 위해 경주행 기차를 기다리고 있는데 한 청년이 다가와서 말을 시켰다.

맑은 얼굴이 소년 같았고 순수해 보였다. 동국대학교 법학과생이라고 했다. 대학생은 싹싹하게 이런저런 말을 건넸고 대전 가는 길이라 같은 기차를 탔다. 차 안에서는 종교에 대한 갈등도 토론했고, 말이 오가는 사이에 대전역을 지났다. 대학생은 스님을 따라 불국사에 가서 함께 사흘을 머물렀다. 그때 불교에 관한 얘기를 구체적으로 세밀하게 집요하게 물었던 것이 기억에 생생하다.

그 뒤로 대학생 득균은 동주 스님이 주지를 맡은 사자암 법회에 자주 왔다. 600년 전 무학 대사가 나라를 보호하기 위해 세운 절이었다. 득균은 불교를 알아가면서 내적 변화를 보였다. 스님의 권유로 오대산 적멸보궁에서 5일 기도를 하고 나자 잠시 휴학하고 사자암 유아원의 서기로 자원봉사 했다. 공부를 잘해서 과 대표였던 졸업반 때는 학장이 추천서를 써주어 강원산업에 특채로 들어갔다. 출가를 망설일 때라 스님이 1~2년만 취직 생활을 하라고 조언했다. 사람이 꼬장꼬장하면 안 된다, 윗사람에게 굽힐 줄도 알고 아랫사람을 꾸릴 줄도 알아야 한다고 사회를 경험하라고 했다.

득균이 직장에 들어가고 나서 동주 스님이 교통사고를 당했다. 6개월간 치료했을 만큼 큰 사고였다. 병원에서 자의로 퇴원하고 절로 옮겨와 치료할 땐 간병인이 토요일이면 집에 가서 일요일 오후에야 돌아왔다. 득균은 주말마다 와서 머물며 지극히 스님을 간병했다. 한참 뒤에야 알았지만 대기업 신입

사원들은 한 달에 2번만 쉰다고 했다.

"주말마다 빠지는 말단이 얼마나 밉상이었겠어요. 신심으로 했지." 그때 득균은 재가 상좌 같았고 2년 뒤 퇴사하면서 동남아 여행을 떠나겠다고 했다. 1980년도부터 남미 아프리카까지 세계를 일주한 동주 스님은 남방불교 전통이 살아 있는 나라에 가서 큰스님도 뵙고 순례를 하도록 조언했다. 유발 상좌가 확고히 출가를 결심한 것은 여행에서 돌아와서였다.

동주 스님은 상좌를 해인사에 보냈다. 견습 행자 기간이 끝나갈 때 해인사에 갔더니 아는 스님이 상좌를 6개월 더 시키라고 했다. 새벽 3시부터 밤 9시까지 행자의 일정은 말할 것도 없이 힘들었다. 성안은 사자암에서 초파일 때 2~3일 도와주고 코피를 쏟았다. 약체질이었지만 스승은 엄격해야 했다. "내 상좌가 되려면 6개월 다시 하고, 아니면 다른 스님을 찾아서 상좌해라" 하곤 떠났다.

몇 달 뒤 국악원의 아는 분이 해인사에 다녀와서 상좌가 살이 쪄서 못 알아보았다고 했다. 마음을 내려놓으니 살이 찐 것이다. 11개월 뒤 가서 성안의 절을 받는데 이건 아니었다. "행자 다시 더 해야겠다." 당시 행자가 25명인데 성안은 행자 서열

두 번째로 반장이었다. 해인사 행자의 엄격한 서열 군기(?)는 널리 알려졌지만 '해인사 행자 반장이 합천 군수보다 낫다' 할 정도였다. 은사의 눈에 상좌는 방자해졌다.

"우리가 사람은 잘 봐요. 절하는 것, 걸음걸이만 봐도 마음이 어디 가 있는지 알 수 있어요." 동주 스님처럼 행자 상좌를 3번이나 보러 간 은사는 없을 것이다. 법연의 오묘함에 대하여 뒷날 성안 스님도 썼다.

내 인생에서 코페르니쿠스적인 전환을 하게 된 것은, 지금 나의 은사 스님을 뵌 것이 결정적 계기였다. 사실 나는 모태 신앙으로 독실한 가톨릭 집안에서 태어나 국민학교 때는 신부님의 미사 집전을 도와주는 '복사' 소임을 맡아 일주일에 2~3번씩 미사에 참석하며 부모님을 기쁘게 해드렸다.

이러한 나도 장 자크 루소가 말하는 '제2의 탄생기'에 들어서면서 삶과 종교에 대해 많은 궁금증이 생겼다. 소극적인 나는 이 문제를 아무에게도 물어보지 못하고, 대학에 진학해 처음으로 불교 서적을 접하면서 교수님이나 신부님 들에게 상의하여보았다. 그러나목 타는 나의 갈증을 식혀줄 만한 대답은 구하지 못했다. 또 성경을 읽다가 신부님에게 의문 난 사항을 물어보면 종교는 과학적으로 분석하는 것이 아니고 믿음의 문제다, 라고 되풀이할 뿐이었다.

내 믿음이 부족하다는 질책과 성경에 쓰여 있는 모든 것을 진리로 받아들이라는 말씀에 항상 "왜"라는 화두로 고민하다가, 사촌 누나 집에 가기 위해서 서울역에서 차를 기다리는 사이에, 지금 나의 은사가 되시는 동주 스님을 처음 뵙게 되었다. 내가 표를 구입하고 대합실 문을 열고 들어갔을 때, 회색 털모자와 두루마기를 입으시고 단정하게 앉아 계신 스님이 내 시야에 들어왔다. 어쩐지 친근감이 드는 것이 전생부터 인연이 있었던 것 같아, 왠지 스님과 대화를 나누고 싶은 강한 충동이 내 가슴속에서 일어났다. 그때까지만 해도 나는 불교에 대하여 우호적이라기보다는 오히려 몸에 두드러기가 날 정도로 싫어했다. 성당에 다니던 때라 불교에서 말하는 인연이라는 말도 믿지 않고 있었다. 그러나 문득 자신감을 가지고 그동안 가진 의문점들을 여쭈어보니, 스님께서는 아주 천천히 조용하고 부드러운 목소리로 거침없이 답변해주시는 것이 아닌가. 봄에 눈 녹듯이 나의 의심 덩어리들은 하나둘씩 녹기 시작하여 기차는 어느새 나의 목적지인 대전을 통과하고 있었다.

윤회를 믿든 안 믿든 우리는 흔히 절대적인 것을 말할 때 전생으로 거슬러가곤 한다. 은사 스님과의 만남이 그러하듯 성안 스님과 팔만대장경과의 만남도 전생부터 이어진 인연인지 모르겠다. 해인사에 출가하여 후원을 총괄하는 원주실 행자가 되면서 장경판전을 관리하는 장주 스님의 공양 시간에 장주실을 청소하고 판전板殿을 지키는 소임을 맡았다. 행자 성안은 하루 3번씩 장경판전 계단을 오를 때마다 설레었다. 무어라고 설명할 수 없는 신비한 기운이 판전을 에워싸고 있는 느낌을 갖곤 했다. 이때부터 아무도 없는 장경판전에 있으면 마음이 편하고 행복하였다.

해인사 강원 학인 시절에도 대장경과 인연이 이어졌다. 이태녕 서울대 명예교수(화학과)가 5개년 계획으로 대장경 보존을 위한 체계적인 연구를 하게 됐는데 이때 교수님을 도왔다. 장경판전 안의 온도·습도 변화, 대장경판에 사용된 목재 연구, 방문객이 많을 때 대장경판의 진균 현황 등을 옆에서 깨쳐나 갔다.

대장경에 관한 관심은 영어로 확대되었다. 학인 시절에 많은 외국인 방문객이 대장경에 대한 질문을 했지만 아무도 대답하지 못했다. 성안 스님은 외국인들에게 해인사와 대장경의 우수성을 설명해주고 싶었고, 비구니 무진 스님이 영어로 번역한 해인사 안내 책자를 쉬는 시간에 완벽하게 암기했다. 성안 스님의 설명에 외국인들은 놀라워했지만 그들의 질문을 이해하지 못하여 대답을 할 수 없는 것이 문제점이었다.

미얀마의 수도원에서 1년 수행한 것도 영어에 대한 필요성을 절감하게 했다. 강원을 졸업하고 송광사 선원에서 결제結制 중 미얀마에서 수행하던 사형 성오 스님에게서 오라는 연락이 왔다. 수행도 만만치 않았지만 일주일에 2번씩 하는 영어 인터뷰는 더더욱 힘겨웠다. 소가 도살장에 끌려가듯 스트레스를 받았다. 1년 뒤 귀국하여 송광사에서 동안거를 하고 삼육외국어학원에 다니면서 6단계 가운데 5단계를 마쳤다. 영어 공부는 사형 스님이 계신 미국으로 가면서 결실을 맺어 ELS 클래스와 석사과정을 마쳤다.

성안 스님이 해인사 팔만대장경 보존국장에 임명된 것은 2010년이다. "먼 길을 돌고 돌아" 해인사로의 귀환이었다. 행자 시절부터 마음에 담아두었던 대장경이 아닌가. 사실 강원을 마친 뒤로 다시 해인사에서 소임을 볼 것이라는 생각은 해보지 않았다. 그러나 2010년 봄 동안거를 마친 후 직지사에 하안거 방부를 하자 도반 스님으로부터 연락이 왔다. 2011년 대장경 축제가 있어서 보존국장이 필요하다고 제안이 들어왔다. 다른 소임이면 고려할 것이 없지만 대장경이었다.

은사 스님과 사형은 처음에 반대했다. 승려의 본분은 선을 통한 수행이니 업무를 맡으면 선공부에서 멀어진다는 이유에서였다. 은사 스님은 맏상좌 성오 스님(홍원사 주지)이 스리랑카와 인도 푸나대학에서 공부를 마치자 수행 전통이 가장 잘 살아 있는 미얀마로 보냈다. 성오 스님은 10년간 미얀마에서 열심히 정진했다. 은사 스님은 상좌 성안에게 3년만 참선을 하면 결이 삭으니 그때 하고 싶은 걸 하라고 했다.

현재 무형문화재 경제어산京齊魚山 보유자인 동주 스님은 화운사의 대강백 은사 대은 스님이 불교 의식을 가르치고자 하여 20대에 봉원사로 가서 송암 스님에게 범패梵唄를 배웠다. 송암 스님은 지극정성으로 가르쳤고 태고종 소속이었지만 인터

뷰를 할 땐 조계종의 동주 스님을 후계자로 지목하곤 했다. 동주 스님도 훗날 범패를 전수해야 한다는 생각은 하고 있었다. 그러나 수행자의 본분은 선이라는 믿음을 가지고 있었기에 때가 되자 어느 날 무정하게 스승 곁을 떠나 7년간 선원을 다니며 정진했다.

은사 스님의 바람과 다르게 성안 스님은 포교를 하고자 했다. 늘 앉아서 선을 지속하기엔 몸이 약했다. 친근감을 주고 진취적 성향이라 포교와 맞았다. 법문을 잘하고자 일찍이 아나운서 과정 수업도 받은 터였다. 이 과정에서 생각을 정리하여 쉽게 전달하는 것이 중요하다는 것을 알았다. 2011년 팔만대장경 축제도 훌륭히 치러서 하루에 10만 명이 다녀갔다. 해인사에 사람이 가장 많이 왔을 때가 2만 명 정도인데 5배 인원이었다. 해인사의 공양간에 한 번에 280명이 공양을 할 수 있지만 축제 때 보통 3천 명이 넘었다고 하니 그야말로 인산인해를 이루었다.

성안 스님은 대장경을 보존하는 데 인생을 바치겠다는 각오와 행복한 마음으로 해인사에 돌아왔다. 고려인의 꿈이었으며 불심의 총화인 대장경. 고려왕조는 1011년 발원하여 1087년까지 제작한 초조대장경이 몽고의 침입으로 소실되자 1236년부터 1251년까지 재조대장경을 만든다. 재조대장경 경판의 수가 8만 장이 넘고, 중생의 8만 4천 번뇌에 대한 8만 4천 개 법문을 실었다고 하여 팔만대장경이라 불린다. 얼마나 많은 양인지 경판을 1장씩 쌓아보면 3,200미터가 되니 백두산보다 높다. 글자 수는 『조선왕조실록』과 맞먹는 5,200만 자, 이 방대한 경을 한 글자로 응축하면 결국 마음 심心이 된다. 놀랍지 않은가. 아름답지 않은가. 성안 스님은 만나는 사람마다 말했다.

해인사에서 가장 오래된 건물인 장경판전은 조선 초기 성종 19년(1488년)에 건립되었다. 목판을 보존하기 위한 최적의 조건을 갖춘 것은 말할 것도 없고 불교의 상징적 숫자를 건물에 접목하여 기둥이 모두 108개다. 그뿐인가. 수다라장, 법보전, 동사간전, 서사간전과 보안문의 전체 평수가 365평이니 1년의 날짜다. 백팔번뇌의 기둥이 세워진 판전에서 365일 내내 마음을 들여다보라는 뜻일까.

4개 건물이 사각형으로 둘러싸고 있는 장경판전 가운데 정문 격인 수다라장 출입문은 종 모양의 둥근 아치형으로 되어 있다. 수다라장 문에 매년 낮과 밤의 길이가 같은 춘분과 추분 오후 3시쯤 태양빛에 의해 판전 통로에 연꽃의 그림자가 나타난다. '석가모니의 설법을 저장한 곳'이라는 뜻의 수다라장은 그림자까지 생각하며 지은 지구상 유일한 건물일 것이다. 진흙 속에 자라지만 결코 더러움에 물들지 않는 연꽃은 일체중생이 본래부터 지니고 있다는 불성을 상징하는 꽃이다. 1년에 두 시기 햇빛이 연꽃을 피우면서 장경판전은 경판 보관뿐 아니라 불교의 세계관을 보여준다.

해인사는 신라 창건 이래 조선 말기까지 여러 차례 화재를 입고 중건을 거듭했다. 장경판전이 지어진 1488년 이후 해인사에 화재가 7번 났지만 대적광전 위쪽으로는 불길이 번지지 않았다. 이중환의 『택리지』에는 "장경각 120간을 지어서 갈무리하였다. 지금 1천여 년이 지났으나 판은 새로 새긴 것 같으며, 나는 새도 이 집을 피해서 기와지붕에 앉지도 않으니, 이것은 실로 이상한 일이다"라고 쓰여 있다.

부처님 말씀을 지키는 사람들의 노력은 면면이 이어져왔다. 임진왜란 때 의병들은 목숨을 걸고 대장경을 지켰다. 6·25 때 김영환 공군 편대장은 해인사 일대가 북한군 아지트로 되자 네이팜탄을 투하해 해인사를 태우라는 명령을 받았지만 공중에서 선회하다 아름다운 절경과 대장경, 어머니가 자신을 위해 절에서 기도하던 모습이 떠올라 명령을 어겼다. 김영환 공군 편대장은 바로 〈빨간 마후라〉의 주인공이다. 기적처럼 몇 차례나 위기를 모면하니 경판이 가진 신비한 힘을 확신하지 않을 수 없다.

관람객이 빠져나가면 판전은 시간과 공간이 멈추어버린 것 같다. 텅 빈 충만이라고 할까, 성안 스님은 진정 가득 참을 느끼는 고요의 시간을 사랑했다. 3년 전 겨울에 보름달이 판전에 비치는 것을 촬영한다고 하여 늦은 저녁과 새벽 예불 후 판전에 있었다. 보름달이 살창을 통하여 판전 바닥을 비출 때 낮과 다른 묘한 느낌이었다. 고려의 달빛 같았다. 경판 1장을 새길 때마다 합장했다는 고려인들의 불심이 비추이는 것 같았다. 법보전의 통로를 걷다 보면 팔만대장경을 만드는 데 헌신한 선조들의 숨결과 에너지가 판전을 에워 감싸는 것 같았다.

말로 표현할 수 없는 미묘한 느낌에 온몸에 전율이 오면 무슨 복이 있어서 이곳에서 일을 할 수 있나, 자문했다. 그래서 방송국 인터뷰에서 보존국장을 맡게 된 이유를 묻자 "전생부터 저의 간절한 서원인 것 같습니다" 하고 답했다. 행자 시절부터 판전과의 인연도, 학인 시절의 연구 보조도, 전 세계 문화유산을 돌아본 것까지 모두 팔만대장경 지킴이라는 소임을 맡기 위한 과정인 것만 같았다.

글로벌 시대라 세계 여행이 보편화되었지만 성안 스님이 자유로운 영혼으로 80여 개국을 다녔다면 베테랑 여행자도 놀랄 것이다. 어려서부터 미지의 세계에 대한 동경이 있었다. 여행에 관한 책이 재미있었고, 책 속의 주인공처럼 여행을 하겠다는 꿈을 가졌다. 대학 때 첫 배낭여행을 했고, 일찍이 세계 여행을 한 은사 스님의 영향으로 기회만 오면 여러 나라를 다녔다. 지구의 삶을 보았다.

미국서 돌아와 2007년엔 그룹 투어로 티베트 성지순례를 떠났다. 오래전부터의 염원이었다. 카일라스(수미산, 6,714미터)에 오르는 도중 드르마라 언덕에서는 삼배를 올린 후 자신에 대한 수행 서원을 하고, 다겁생래 동안 많은 도움을 주신 한량없는 반연攀緣들에게 감사하면서 행복의 기도 축원을 드렸다. 끝에는 수행자로서 아름답게 삶을 살기를 발원하였다. 바람 같은 여정에서도 늘 발원을 잊지 않았다.

성안 스님의 말대로 대학 시절에 은사인 동주 스님을 만나게 된 것은 인생에 코페르니쿠스적인 전환을 가져오게 했다. 여러 스님들이 일러 혁명이라고 하는 출가를 했다. 서산대사가 말하듯 "배불리 먹기 위해서도, 따뜻이 입기 위해서도 아니다. 오직 깨달음을 얻어 부처님의 혜명을 잇고 광도중생廣度衆生하기 위해서" 삭발했으니 인내를 배워야 했다. 학인 시절 받은 가장 무거운 경책警責은 한밤 내내 했던 삼천 배였다. 무더운 여름엔 모기로 인해 매우 괴롭고, 추운 겨울엔 동상에 걸리지 않기 위해 빠른 속도로 절했으나 감기로 이어져 심하게 앓기도 했다. 점심 공양 후 2시까지는 자유 시간이라 많은 스님들이 산행이나 밀린 공부를 했지만 성안 스님은 오후의 에너지를 보충하기 위해 지대방에서 와선을 하였다. 강원 시절 성안 스님의 호칭은 '수면존자'였다.

약체질이었으나 열정이 이를 보충했다. 미얀마에서 1년 수행하고 영어의 필요성을 절감하자 기독교 재단의 삼육외국어학원에 등록했다. 출석 확인이 철저하고 시험을 통해 다음 단계에 들어가는 방식이 좋았다. 다음 단계에 우선 등록하려면 영어 성경 공부를 신청해야 했다. 영어로 열심히 성경과 찬송

가도 배웠다. 학원의 목사님은 이렇게 트인 스님이 삼육외국어
학원에 온 것도 하나님의 섭리라면서 좋아했다.

　팔만대장경 축제로 방송에 나가 인터뷰할 때 사회자는 "스
님이 법문을 잘하시기 위해 아나운서 과정도 공부하셨다"고
시청자들에게 알렸다. 열정이 보기 좋다고 덕담하니 성안 스님
이 답했다. "사람이 아름다운 것은 노력하는 모습이라고 생각
했다"고.

　팔만대장경연구회의 한홍익 연구원은 일에 대한 성안 스님
의 엄청난 열정을 익히 보아왔다. 대장경과 관련되는 것이면
지원받을 수 없는 상황이라도 자비를 들여 번역했다. 돈은 어
떻게든 굴러가니 돈에 맞추어 일을 하면 안 된다고 말했다. 사
하촌 출신의 두 연구원을 전문가로 만들기 위해 성안 스님은
등록금을 대고 3학년에 편입시켰다. 건축을 전공한 한홍익 씨
는 사학과로 편입하여 지금 졸업했고, 보석 세공을 전공한 이
승훈 씨는 문화콘텐츠학과 4학년이다. 성안 스님의 유발 상좌
와도 같다.

　두 연구원도 말한다. 팔만대장경연구회는 직원이 아니라 가
족과 같았다고. 성안 스님처럼 두 연구원도 장경판전에 들어가

면 영험한 기운에 잡념을 잊고 오직 일에만 몰입했다. 성안 스님은 자주 말했다. "우리는 전생에 경판을 짜거나 판각한 고려인이었을 거야"라고. 세 사람은 대구 구인사 대장경 인경본 조사를 위해 교토에도 함께 갔다. 일본 사찰에 가니 건물마다 관람료를 내는데, 성안 스님은 팔만대장경도 따로 관람료를 받고, 보고 싶어 하는 사람만 보여주어야 한다, 말했다. 밤에는 경내가 어두운데 법당 가까이 가니 갑자기 빛이 환히 켜졌다. 센서의 작용 같았다. 장경판전에는 방범등이 켜 있지만 열기가 있어 장기적으로는 손상이 갈 수 있다. 장경판전도 주위에 저런 센서를 배치하면 어떨까. 성안 스님은 무엇을 보든 팔만대장경 보존을 궁리했다. 지금까지 기적적으로 물려받은 이 유산을 옻칠 등으로 1천 년간 이어가게 할 방법을 고민하므로.

천둥처럼 갑작스런 성안 스님의 입적은 사랑하는 사람들의 넋을 뺐지만 연구원들은 관에 넣을 경판을 준비했다. "내가 죽으면 경판 하나 넣어서 같이 태워달라"고 말했기 때문이다. 이 유언 아닌 유언은 이루어지지 않았다. 아무리 모사품이라도 부처님 말씀을 새긴 경판을 태울 수 없었다. 그래서 다비관을 장식하는 연꽃 대신 경문이 인경된 한지를 발라 함께 보내드렸다. 다비장엔 해인사 강원 39기 도반들이 처음으로 모두 모였다. 영결식에선 추모사들이 재처럼 허공을 떠돌았다. 사바세계의 인연을 다하다…… 그 천진한 미소…… 무소유의 삶…… 장경판전은 님의 수행처요 놀이터요 공부방이고…….

다비식 다음 날 아침 두 연구원은 성보 박물관 사무실에 멍하니 앉아 있었다. 매일 9시면 절에 올라오라던 성안 스님의 전화를 이날도 기다리는 듯했다. 어제 영정 사진을 들고 해인사 경내를 돌았다. 초파일을 앞두고 도량의 탑 아래로 연등이 연꽃 바다처럼 펼쳐 있었다. 이제 다시는 해인사 초파일 연꽃 바다를 함께 볼 수 없다니. 고아가 된 느낌이었다. 그들은 전생의 고려인으로 대장경 가족이므로. 다비식 뒤 뼈를 수습했지만 연구원들은 아직도 실감이 나지 않았다. 절에서 근무한다고 칙칙한 색 옷을 입지 말고 산뜻하게 입으라고 권하시던 스님. 이제 누가 그런 말을 할 것인가. 스승의 부재를 인정해야 하리. 스승이 미련 없이 떠나도록, 가시면서 어깨에 얹어준 짐을 성심으로 갈무리하리이다.

영결식 때 눈물을 멈추지 못했던 은사 동주 스님은 이틀 뒤 서울 홍원사에서 상좌 성안의 초재를 지냈다. 영어 교사였던 성안의 속가 부친이 돌아가셨을 때 『원각경圓覺經』을 독송하니 아름다운 기도 소리에 가족들이 넋을 잃었다고 감사했던 성안. 장엄한 범패 의식과 절절한 초혼의 소리는 사람들을 눈물짓게 했다. 상좌의 재를 지내려고 과일을 사러 다니니 기가 막히는 일이었다. 뭐 이런 팔자가 있나, 한탄했다. 잘 만난 부부를 흔히 천생연분이라 하는데 1천 생의 만남이다. 부모 자식은 2천 생의 만남이라는데 은사와 상좌는 7천 생의 만남이라고 한다.

"부모가 돌아가실 때도 울지 않았지만 우리 스님이 돌아가실 땐 울었어요. 나고 죽음이 없으니 무상하다는 건 알지만 정이란 게 고약스러워. 이치는 알지만 상좌를 떠나보내니 육신을 가진 마음이 미어져요. 논리적으론 불생불멸이나 가슴이 아프고 허전한 정. 부처님이 돌아가실 때도 산천초목이 울었고 오백아라한이 슬피 울었어요. 이치만 알아서는 냉혈이 돼요. 이치도 알고 감정이 풍부해야 자비가 생겨요."

그렇다. 우리가 누군가의 죽음으로 슬픔을 느끼며 확인하는 건 사랑이고 유한한 삶에 대한 연민이며 자비다. 구도를 위해 세속의 연을 등졌지만 부처의 품속인 절이라면 더 말할 것이 없다. 해인총림 주지 선해 스님의 영결사도 그리움을 불러일으

키는데, 성안 스님을 기리는 사랑의 타임캡슐로 여기 묻어두겠습니다. 🌿

전에는 수없이 부르던 이름인데 앞으로는 부를 수 없는 이름이 되었네.

불러도 대답이 없는 이름이 되었네.

그래도 생각이 나면 대답이 없는 그 이름을 불러볼 것이네. 모든 것이 업 때문이라면 나는 전생에 그대에게 무슨 서운한 일을 했기에 이렇게 우리 가슴을 아프게 하고 간단 말인가. 많은 스님들이 그대를 못 잊어 여기 이렇게 모였는데 스님은 지금 어디에 있는가. 참으로 보고 싶다.

너 자신을
섬으로 삼아라

화운사 주지 선일 스님

욕망의 바람이 사라진 더 이상의 휘날림이 없는 고요에서 사랑이 생긴다
내　 안에　 사랑이　 가득해야　 상대에게　 간다
차가 우러나듯이 꽃향기가 번지듯이 사랑은 일파만파 다가간다

너 자신을
섬으로 삼아라

— 화운사 주지 선일 스님

종일 봄을 찾아 헤매었지만 봄을 찾을 수 없어라.

짚신이 다 닳고 룽두산 구름이 덮인 곳까지 헤매었네.

지쳐서 집으로 되돌아와 보니 매화 가지에 매화꽃이 방긋 웃네.

이제 봄이 온 시방十方에 두루 와 있음을 알았네.

송대의 수필집 『학림옥로鶴林玉露』 제6권에 실렸다는 한 비구니 스님의 오도송悟道頌을 읽다가 책을 내려놓는다. 모든 헤맴의 종결은 자신으로의 귀환이다. 봄은 진리의 상징이고 진리가 가까이 있다는 것을 시는 말해주는데, 화자는 집(자신)에 와서야 그것을 깨닫는다. 동서를 막론하고 자신과의 만남은 문학의 오랜 주제다.

트로이 전쟁 뒤 20년간의 방랑을 그린 『오디세이』가 토대가 된 제임스 조이스의 『율리시스』는 평범한 시민들의 하루를 '몸의 서사시'로 그린 소설이다. 고대 영웅 오디세우스의 방랑이 현대인 레오폴드 블룸의 의식의 흐름으로 바뀌었는데, 작가의 분신인 스티븐은 이렇게 말한다.

"모든 인생이란 수많은 나날의 연속이죠. 우리는 강도들, 유령들, 거인들 (…) 사랑으로 맺힌 형제들과 맞닥뜨리면서 우리들 자신 사이로 걸어가지요. 그러나 결국에 가서 만나는 것은 우리들 자신이랍니다."

언제 닥칠지 모르는 재앙에 대한 불안감에서 어머니의 기억이 간직된 마른 감자를 항상 부적으로 지니고 다니는 블룸과 '배회하는 바위들'……. 강물에 흘러가는 삐라는 블룸에게 "인생은 흐름"이라고 말해주는데, 육신의 헤맴은 마음의 헤맴이다. 20년도 전에 인도를 처음 여행하면서 내 미몽의 혼은 곳곳에서 깨어났다. 갠지스 강의 화장터에서 삶의 본질에 대해 생각했고, 라자스탄의 광막한 사막에서 밤하늘을 올려다보며 내 화두인 고苦의 파도가 비본질적인 것이라고 깨달았다. 물의 본연은 고요하니 바람이라는 연으로 파도가 친다. 인도의 자연은 본질을 보여주는 거울이며 구루였고, 나는 돌아와 『인도 기행』

을 펴내면서 '나의 한가운데로'라는 제목을 서문 앞에 붙였다.

　문학도 여행도 생도 자신을 찾아가는 깨달음의 과정이라면 작가의 헤맴을 세속에서의 구도求道라고 해도 될 것 같다. '나의 한가운데'는 '마음'이다. 이 마음을 연구한 것이 불교가 아닌가. 다시 태어난다면 온전히 마음을 들여다보는 수행자가 되고 싶어 구도의 길을 가는 승려들에게 동질감을 느낀다. 일찍이 제 발로 동진同塵 출가한 스님들은 전생의 근기根氣를 타고 난 것일까. 자의가 아니었다 하더라도 동진 출가는 작가로서 지켜보고 싶은 삶의 양상이다.

　비구니 선일 스님은 2014년 봄부터 용인 화운사 주지 임무를 맡았다. 화운사와 인연을 맺은 것이 12세 때니 속세로 치면 아이가 자라 성인이 되어 떠났다가 돌아와 가장이 된 셈이다. 언니 스님에게 이끌려 화운사에 처음 온 것이 1973년 겨울이었으니 40여 년 전으로 거슬러간다. 팔 남매 중 막내딸인 화선은 어머니가 마흔에 낳은 귀염둥이였다. 열 살 때 아버지가 돌아가시자 언니 스님은 집에 와서 사십구재도 지내고 불교 책들을 집에 많이 갖다 놓았다. 막내딸에게 천자문을 가르쳤던 어머니는 부처님 생애를 여덟 장면으로 설명한 『팔상록』을 읽어주고 염불도 외우라고 들려주었다. 어머니는 밭을 매며 염불하다가 화시야, 하고 아이를 불러선 다음은 뭐지? 하고 물었다. 영리한 막내딸은 줄줄 외웠다. 저녁을 먹고 나면 어머니는 가부좌를 한 채 염주를 들고 관세음보살 염불을 했다. 신심이 깊은 어머니 옆에서 관음보살 영험기 등 불교 설화를 듣느라 아이는 백설공주, 신데렐라 같은 이야기가 있는 줄도 몰랐다.

초등학교 5학년 겨울방학 때 언니 스님이 집에 왔다. 스님은 아이에게 사탕을 주며 "내가 사는 데 가면 방학을 재미있게 보낼 수 있다. 갈래?" 물었다. 기차를 타고 간다고 했다. 아이는 그때까지 한 번도 기차를 탄 적이 없었다. 가겠다고 했고, 가방에 책을 넣고 스님을 따라 집을 나섰다. 어머니도 배웅하러 기차역까지 따라왔는데 뒤돌아보니 울고 있었다. 무언가 잘못돼 가고 있는 것 같았다.

수원역에 내려 다시 버스를 갈아타니 날이 어둑어둑했다. 눈이 왔는지 산에 하얗게 덮여 있었다. 차에서 내려 언니 스님 손을 잡고 산길을 타박타박 걸어 올라가니 종 치는 소리가 울리고 목탁 소리도 들려왔다. 예불 시간인 듯했다. 둔덕에서 아래를 내려다보니 나뭇가지 사이로 산길과 법당이 보이고 하얀 눈밭 속에 전등들이 켜 있었다. 눈 온 뒤의 싸늘한 공기는 코를 얼어붙게 했지만 세속이 아닌 풍경은 천상인 듯했다. 와야 할 곳에 온 것 같았고 아이는 하강하듯 돌층계를 내려갔다.

상주 모서 윤씨 막내딸의 삶은 그날부터 바뀌었다. 언니 스님은 동생을 데려다 놓고 다른 절로 떠나고, 아이는 용인초등학교에 전학해 화운사에서 학교를 다니기 시작했다. 아이의 단순함은 절 생활에 이내 적응했다. 한참 단잠을 잘 새벽 3시에 일어나는 일은 아이에게 분명 힘겨웠지만 추운 겨울 새벽 예불이 끝나고 방에 들어오면 따뜻한 아랫목에 몸을 녹일 수 있었다. 엄마 생각이 날 때도 있었지만 절에 먼저 온 아이가 있어서 표 내지 않았다. 부모와 헤어진 아이인데, 비가 오면 엄마가 보고 싶다고 했다.

"장미에 왜 가시가 있을까요. 여린 자신을 지키기 위해서죠."

화선이 중학교에 들어가자 언니 스님이 북돋아주듯 트랜지스터 라디오를 선물했다. 노래를 잘하는 화선은 라디오에서 온갖 음악을 들었다. 당시 청소년들처럼 〈밤을 잊은 그대에게〉를 듣고야 잠들었고, 클래식도 좋아했다. 학교 방송국에 찾아가

방송을 하고 싶다고 말한 뒤엔 클래식 사전을 보면서 방송을 할 수 있었다. 그렇게 마이크를 많이 잡은 학생은 없었다. 뿐 아니라 그림, 붓글씨, 연극, 가야금 등 온갖 취미를 키웠다. 피아노는 바이엘을 떼자 멜로디만 있으면 칠 수 있었다. 뒤에 운문사 강원에 다닐 땐 이 재주로 4년간 피아노를 치면서 찬불가를 가르쳤다. 팔방미인이 아니라 십방미인이라고 말할 정도였다. 중·고교 6년간 속인으로서 할 수 있는 모든 것을 배운다는 것이 화선의 원래 계획이었다.

스님이 되면 할 수 없는 일이 많기 때문이다. 화선이 중학교에 들어가기 전 화운사 주지였던 지명 스님은 "너는 화운사의 대강백이 되어라, 그러면 화운사가 너를 가르치마" 하셨다. 화선의 은사 스님이 있었지만 먼저 들어온 아이가 있어서 두 상좌를 가르칠 경제적 여력이 없었다. 지명 스님과의 언약으로 화선은 스님이 된다는 것이 하늘 아래 명백한 사실임을 받아들였다. 팔 남매 중 4명이 불가에 들어간 인연이 어찌 우연이겠는가. 먹조산을 배경으로 한 아늑한 도량은 저절로 걸어간 부처님 품 안이었다.

화선은 용인여고에 일등으로 들어가서 3년간 수업료가 면

제되었다. 중학교 때도 스님들이 먼저 영어를 가르쳐주어서 영어 반장을 했다. "절에서 자란 애들은 고아"라고 수군거려도 기죽은 적이 없었다. 공부만으로도 아이들을 능가했다. 취미 생활까지 하느라 6년간 시간에 점을 찍듯이 청소년기를 보냈지만 학인 스님들의 경 읽는 소리가 들리면 학교에 안 가고 경을 읽고 싶었다. 눈 오는 겨울엔 법당서 예불을 끝낸 70여 명의 학인 스님들이 눈 쌓인 나무 아래로 기러기처럼 걸어가는 정경이 지상의 것 같지 않았다.

고교 졸업 예비고사 시험을 보고 화선은 머리를 깎았다. 졸업을 두 달 앞두고였다. 당시엔 머리만 짧게 잘라도 퇴학을 시킬 때라 학교서 교무회의를 하고 절에 찾아왔다. 어른 스님이 재주 많은 상좌를 불안해하여 스스로 앞당겨 사미계를 받았다. 졸업식 땐 단상에서 이름이 불려도 자리가 비어 있어 친구들이 울었다. 졸업 앨범에도 '화운사 공주'는 보이지 않았다. 속세와의 결별이었다.

본격적인 불교 공부는 동국대학교에서 시작되었다. 입시 위주의 고교 공부와는 차원이 달랐다. 선일 스님은 학인으로 선학을 전공했으나 버거움을 덜기 위해 부전공은 교육학을 택했다. 강원에서 『화엄경』을 가르치면 대학에서는 화엄사상을 배웠다. B학점 이상이면 종단서 학비를 대주는 종비생이 될 수 있다는 점은 대학의 장점이었다.

대학 졸업 뒤엔 운문사 비구니 강원에 들어갔다. 집단으로 서당식 공부를 하여 힘들었지만 진정한 스님을 만드는 장점이 있었다. 하심부터 배워야 하는데 양치, 세수, 옷 입는 법부터 차 마시는 법, 눈을 어디에 두어야 하는지 모든 행동을 가르치는 '중물 들이기' 정통 교육이었다. 어긋나면 일거수일투족 경책을 받으므로 날카로운 개성이 둥글어지고, 용광로에 들어가 순금처럼 녹아야 한다. 여법하게 되어야 수행자로서 잘 배운 것이다.

당시에는 몰랐지만 부처님 당시에 썼던 팔리어로 "아따 덧빠"란 말씀이 있다. 테리가타 경에 나오는 양갓집 아름다운 여인에 얽힌 이야기다. 여인은 소녀 시절 무언지 알 수 없는 그리움에 휩싸여 그 집의 문지기와 사랑하게 되었다. 카스트제도가 있는 인도에서 자유 결혼은 꿈도 꿀 수 없는 일이라 두 남녀는 야밤에 도망쳤다. 집과 한참 멀어지자 두 사람은 적당한 장소에 보금자리를 만들고 뒤에 자식을 낳아 행복하게 살았다. 배 속에 두 번째 아이가 생기자 여인은 친정에 돌아가 낳기를 원했다. 두 사람은 길을 떠났으나 아내가 길에서 산기를 느끼자 남편은 장소를 찾다가 뱀에 물려 죽었다. 여인 혼자 해산한 갓난아이는 독수리가 물어가고 큰 아이는 불어난 강물에 빠져 죽었다. 어렵게 어렵게 친정에 도착하니 친정 부모도 이미 돌아간 뒤였다.

절망에 휩싸인 여인은 옷이 흘러내린 줄도 모르고 광녀처럼 돌아다니다가 부처님이 계신 곳까지 왔다. 사람들이 뒤에서 몰아내려고 하자 "빳따짜라야" 하고 부처님이 부르셨다. '빳따짜라'란 '옷이 풀어진 채 다니는' 여인이다. 부처님의 부름에 여인은 그제야 정신이 들어 황급히 천으로 몸을 가리고 자신의 고난을 호소했다. 부처님은 말씀하셨다. "걱정하지 말라, 그대가 그대의 안식처이고 피난처이며 귀의처이다. 너 자신을 섬으로 삼아라." 맨 마지막 말씀이 바로 팔리어로 "아따 딧빠"다.

"중생심의 너 자신, 탐진치의 자신을 섬으로 삼으라는 말이 아니에요. 몸에서 몸을 관찰하고 마음에서 마음을 관찰하는, 그러한 수행을 하는 너 자신을 섬으로 삼으라는 말씀입니다. 강원 시절에 이런 수행의 기본을 배우죠. 자신을 섬으로 삼기 위해 빳따짜라는 부처님께 귀의하여 뒷날 깨달은 자 아라한이 되어요."

모든 불교도들은 인도를 모태인 양 순례를 꿈꾼다. 부처님이 가까운 룸비니에서 태어나시고 성불하여 돌아가실 때까지 불법을 편 곳이기 때문이다. 불법에 귀의한 승려는 말할 것도 없다. 신라시대의 혜초와 많은 승려들이 부처님 발자취를 따라 인도로 갔고 당나라 현장의 『서역기』는 세계에 번역되어 오늘날도 현장을 좇아가는 서양인의 기행문이 나오고 있다. 선일 스님 역시 인도를 가슴에 품고 있었더니 기회가 왔다.

오빠인 각성 스님(동국대학교 경주 캠퍼스 정각원 원장)이 인도 푸나대학에 먼저 유학 갔다. 선일 스님은 강원을 졸업하고 다음 해 합류했다. 석·박사 과정을 밟느라 영어와 산스크리트어, 뒤엔 팔리어 문법까지 공부해 어학 공부만으로도 9년이 흘러간 듯 바빴다. 인도 여행도 공부가 거의 끝날 무렵 했다.

박사과정 중 델리대학의 마헤시 티와리 교수님 서재에 머물면서 6개월간 사사받은 일은 행운이었다. 『율장』『경장』『논장』 삼장을 원전으로 머릿속에 꿰고 있는 대석학이었다. 티와리 교수님은 온 책상에 경과 사전을 펴 놓고 손으로가 아니라 입김으로 불어 페이지를 넘겼다. 사전은 하도 많이 보아서 너덜너

덜했다. 질문하면 책 어느 부분 왼쪽에 자료가 있으니 참고하라고 알려주었다. 학문이 몸에서 배어나왔다. 학자면서 수행자였다. 저렇게 되어야 한다고 생각했다.

박사 학위를 받고 1999년 일단 귀국했다. 먼저 화운사의 지명 스님께 인사드렸다. 선일이 학인으로 대학에 다닐 때 사중에서 나온 학비와 개인이 주는 용돈을 봉투 2개로 따로 주셨던 어른 스님이었다. 노스님께 "학위는 받았지만 스님이 하라는 식으로 못했습니다. 공부를 더 해야겠습니다"라고 알렸다. "하나를 배우면 돌아앉아 그대로 애기할 수 있을 정도로 똑떨어지게 해라" 하셨던 지명 스님 말을 지금도 기억한다.

공부는 하느라 했지만 학위를 받고 보니 그야말로 코스를 거쳤다는 생각이 들었다. 고등학교, 대학교도 다 코스다. 따고 나니 박사 학위가 특별한 것도 아니었고 진정으로 가야 할 길이 보였다. 학위와 상관없이 제대로 경을 공부하고 싶었다. 화운사에서 컸으니만큼 언젠가 소임을 맡고 노스님을 보필해야

하지만 유보해야 했다. 절실한 만큼 흔들리지 않았다. 그때 이미 중풍이 든 노스님은 "내가 오래 못 간다. 공부를 더 하겠다니 기특하다"면서 허락하셨다. 13세에 사미계를 받고 선객으로 이름을 높인 분이라 의식은 또렷했다. 2013년 12월 노스님은 함박눈이 내린 날 93세로 원적에 드셨다.

1999년 정월 보름 스리랑카에 도착했다. 인도 유학은 종단과 불교 방송, 철강 회사의 장학금으로 충당했고 남은 돈도 지니고 있었다. 학위는 더 이상 의미가 없어서 학생 등록을 하지 않고 대학가에 머물렀다. 인도 시절 박사 학위 공부로 스리랑카에 와서 6개월 머문 적이 있었다. 힌두교인 인도엔 불교 학자가 드물고 불교 국인 스리랑카에 석학들이 많았다. 더 이상 인도에 있을 일이 아니구나, 싶었다. 모든 경전은 다 입으로 전해졌고 팔리어 경전은 기원전 1세기에 세계 최초로 스리랑카에서 만들어졌다. 당시 스리랑카에 기근이 들어 승려 수가 줄어드니 그들이 배운 담마(부처님 말씀)가 후대에도 전해지도록 스리랑카 글자로 옮겨 썼다. 담마의 나라 스리랑카에서 부처님이 팔리어로 말씀하신 초기 경전을 완전히 섭렵하고 싶었다.

"경을 한 자도 빼지 않고 이 잡듯이 공부하기로 했어요. 학위 논문을 쓸 때 필요한 부분만 읽고 추려 쓰는데 맛있는 부분만 추려먹지 말자, 했죠. 바위에 물이 떨어지듯이 공부해야 한다고. 삼마가 필요하죠. 바른 곳에 집중하는 것이 삼마예요. 동물도 먹이를 잡기 위해 일순 집중해요."

경을 읽을 때 책에 날짜를 쓰고 노트에도 같은 날짜를 썼다. 모르는 단어를 노트에 다 썼다. 노트엔 페이지 수를 미리 써 놓았다. 찢어버리지 않도록 하기 위해서다. 유학 간 1991년부터 컴퓨터를 썼지만 그것도 내려놓고 손으로 썼다. 그렇게 1차 2차 공부까지 했다. 두 번째는 남겨 놓은 아래 여백에 다른 색깔의 펜으로 썼다. 팔이 아파서 왼팔로도 썼다. 하도 많이 써서 오른쪽 장지 가운데 마디는 움푹 들어갔다. 이렇게 하니 숫다 경 하나를 읽는 데 20일이 걸렸다. 더운 나라여서 엉덩이가 짓물렀다. 경을 다 볼 때까지는 한국에 들어가지 않는다고 마음먹었다. 한국인도 거의 만나지 않았다. 경전 결제에 들어갔다고 생각했다.

경전은 서로가 서로를 설명한다. 부처님은 듣는 사람 수준에 맞추어 설법을 해서 악기 타는 사람에겐 연주로, 농부에겐 농사로 비유하셨다. 경을 다 읽으면 마치 거울이 거울을 비추듯이 전체가 머리에 들어왔다. 그 말 어디 있지? 물으면 즉각 답이 나올 만큼 공부가 쌓여갔다. 인도 기간까지 합쳐 15년을 공부하니 물리가 트였다. 노트에 쓴 것을 컴퓨터에 입력하기 시작했다. 컴퓨터가 느려서 세 대를 번갈아 가며 했다. 경전을 사성제, 자애 등 주제별로 나누어서 영어로 요약했다. 자기 나름의 사전을 만들었다. 어마한 양을 외장형 하드디스크에 저장했다.

팔리어는 소리음이다. 음이 중요하다. 장단이 있고 운율이 있다. 운율에 맞추어 1시간 반 정도 외우면서 언어로 체험했다. 어릴 때 엄마가 늘 들려주던 불경도 소리로 외웠다. 이렇게 공부하니 갈수록 행복하고 하루하루가 감사했다. 부처님 말씀이니 혼자가 아니라 늘 대중 속에 있는 것 같았다. 경이 있기에 외롭지 않았고 이대로 가도 되겠구나, 생각했다. 자기 전에는 매일 인도인처럼 이마에 두 손을 대고 팔리어로 부처님께 예경했다. 지극한 마음이면 그렇게 된다.

나모 땃사 바가와또 아라하또 삼마 삼붓닷사.

"축복을 주시는 분, 바가와께/ 탐진치 여의어 공양받아 마땅하신 분, 아라한께/ 바르고 완전하게 스스로 깨달으신 분, 삼마삼붓다, 그분께 예경드립니다."

네가 앉았던 자리가 따뜻한 적이 있는가?라고 부처님이 말씀하셨다. 그만큼 수행을 했느냐는 물음이다. 선일 스님은 일어나서 밥 먹고 요가하고 차 마시는 시간을 빼곤 방석이 젖도록 앉아 공부했다. 닭이 알을 품듯이 담마의 알을 품고 있었다. 시간도 잊고 잠자리에 들려 하면 거리에선 아침이 시작되었다. 스리랑카는 더운 나라여서 아침의 소리가 일찍 들려온다. 아이들이 학교 가고 직장인은 출근하느라 툭툭이 삼륜차를 오르내린다. 장사꾼들의 소리가 들려오면 찬이 떨어졌으니 오늘 장을 보리라 마음먹는다. 야마하 오토바이를 타고 한 달에 2~3번 먹거리를 사러 나가는 것이 외출의 전부다. 감자는 가장 오래가기에 단골 품목이었다. 아침에 감자볶음을 하면 점심엔 찐 감자를 먹었다. 두부는 구워서 냉장고에 넣어두고 꺼내 먹었다. 충만된 시간이어서 질린다는 생각도 하지 않았다.

"삐-띠piti라는 팔리어가 있어요. 기쁨이라는 뜻이에요. 수행은 기쁨이 있어야 가능해요. 수행을 할 수 있는 원동력이 삐-띠예요. 기쁨을 알면 더 큰 기쁨을 알고 싶고, 기쁨이 있어야 진보가 있어요. 스리랑카 시절은 삐-띠의 시간이었어요."

스리랑카로 간 지 5년 만에 대학에 다시 등록한 것은 순전히 현실적인 이유에서다. 우선 비자 연장이 쉽고 장학금을 받기

위해서였다. 논문을 쓰면 종단에서 지원을 받을 수 있었다. 돈
이 바닥이 났다. 공산품의 대부분을 수입에 의존하는 스리랑카
는 인도보다 물가가 비싸다. 논문을 써야 한다면 박사 후 연구
과정을 하고 싶었지만 캔디에 있는 페라데니야대학엔 그 과정
이 없었다. 선일 스님이 머문 캔디는 부처님의 치사리가 있는
아름다운 곳이었다. 페라데니야대학은 영국의 저명한 곰브리
치 교수와 세계적인 불교철학자 칼루파하나 교수가 수학한 곳
이기도 하다.

정신적으론 풍요로웠으나 "맵짜게" 한 공부와 경제 상황은
무리를 가져왔나 보다. 6~7년간 공부하니 등이 아팠다. 나흘간
심하게 앓기도 했고 몸이 자꾸 추워지기 시작했다. 밖은 40도
의 더위인데 방에선 추위를 느껴서 양말을 신었다. 나중엔 파
카를 입고 신발까지 신고 공부했다. 온기가 그리우면 운문사
공양주 시절을 떠올리기도 했다. 운문사에선 한여름에도 가마
솥에 불을 때서 밥을 지었다. 아궁이 앞에서 지켜보았던 그 뜨
거운 불길을 상상했다. 어쩌다 콜롬보에 가면 1년 치 먹을 양
념 등을 사는데, 유통기간이 지난 라면이 있다 해서 박스째 받
아왔다. 토마토를 넣으면 라면의 짠 내를 없앨 수 있었다.

2007년도부터 블로그를 시작해 사람들과 소통한 것은 다행이었다. 그동안 한국 인터넷을 전혀 보지 않아 뉴스도 몰랐지만 한국서 온 한 비구니 스님이 국내 소식도 알아야 한다고 했다. 블로그를 여니 불자들과 연결이 되었고 선일 스님은 그동안 배운 팔리어 공부로 조언과 길잡이 역할을 했다. 몸이 아프도록 공부한 것도 결국은 세상에 아름다운 불법을 펴기 위해서가 아닌가.

2009년 정월 보름은 유달리 밝았다. 적도의 달이 떠 있는 느낌이었다. 스리랑카에 온 지 꼭 10년이 되는 날. 두 번째 박사학위 논문이 통과되었고, 인터뷰만 남기고 10년 만의 귀국을 앞두고 있었다. 세 달 뒤 돌아오는 리턴 티켓이라 짐도 스리랑카 절에 맡겨두었다.

인천공항에 처음 내렸다. 10년 전엔 김포공항에서 출국했다. 용인에 가는 방법도 몰라서 일단 조계사로 먼저 가서 다음 날 내려갔다. 많은 것이 변했다. 거리도 사람도 자신도 10년 전과는 달라졌다. 서울에서 첫 강의를 했다. 인도에서 돌아왔을 땐 부처님이 빳따짜라에게 하신 "너 자신을 섬으로 삼으라"는 말씀이 첫 법문이었다. 스리랑카에서 돌아와 한 첫 법문은 자애경(멧따수따)이었다. 자애경에는 그가 가장 좋아하는 팔리어 구절이 있었다. "모든 생명 모두 다 행복하여지이다!"

서울 공기는 숨쉬기 힘들 정도였다. 물 밖의 붕어같이 숨을 토해야 했다. 4월에도 진눈깨비가 내려 턱을 덜덜 떨었다. 갑자기 달라진 공기와 기후에 체력이 떨어지는 것 같았다. 하루는 샤워를 하다가 가슴 위쪽에서 작은 알갱이 같은 것이 손에 잡혔다. 예사롭지가 않았다. 초파일 뒤에 찾아온 친구에게 보여주었다. 여중 1학년 때부터 친했던 간호사 친구였다. 당장 병원에 가자고 했다. 꽤 큰 개인 종합병원에서 검사를 다 하니 유방암 진단이 나왔다. 의사는 대학 병원에 가라고 조언했다. 먼저 지리산 쪽으로 갔다. 병은 몸속에 있지 그의 마음속에는 없었다. 실감이 나지 않았다. 자신을 위한 조금의 시간이 필요했다.

얼마 뒤 지인의 적극적인 도움으로 서울대 병원에서 유방암 전공 교수님 진료를 받게 되었다. 유방암 센터에 들어서니 수많은 여인들이 가득했다. 삶의 현실이 거기에 있었다. 남자는 거의 보이지 않았다. 여자들은 진료를 받고 나와선 구석 자리로 가서 가족에게 전화하며 울먹였다. 두카(고통)를 이제야 체험하는구나, 싶었다. 그동안 법문을 하면서 얼마나 잘난 체했을까.

비구니 스님도 검사를 다 하고 유방암 진단을 확실히 받았다. 종양이 그동안 4센티미터로 커졌다. 다음 날부터 항암 치료를 하라고 했다. 선일 스님은 2개월만 시간을 달라고 했다. 교수님은 야단치듯이 "2개월 방치하면 입적하실지도 모릅니다" 했다.

다음 날로 지리산 끝자락 이름도 없는 산골로 들어갔다. 지인의 도움을 받아 산속의 빈집을 찾아 둥지를 틀었다. 병이 살 정도로 몸이 열악한 상태라면 항암 치료를 이길 수 있겠는가. 몸이 정신을 위한 환경이라면 먼저 환경을 고쳐야 한다고 생각했다. 그때부터 본격적인 산행과 쑥뜸 등으로 몸을 위한 정화를 시작했다. 어떤 말로도 표현할 수 없는 고통을 겪었음은 말할 필요도 없다. 유방암 자체는 무섭게 커졌지만 경전 공부에서 몸 공부로의 전환을 확실히 할 수 있는 기간이 되었다. 결국 1년 뒤 다시 병원을 찾아 항암 치료를 시작했지만 자가 정화가 헛되지는 않았는지 투병 3년 만인 2012년 3월 암이 완치됐다는 진단을 받았다.

암 투병할 때 선일 스님에게 누가 말했다. 20년간 공부하고 얻은 게 무어냐고. "지금 상태에서 내가 온 길이 무슨 소용이 있냐고 말할 수는 없습니다. 적어도 내가 아는 이 길로만 간다면 부처님이 말씀하시는 그곳에 반드시 닿는다는 확신이 있습니다"라고 답했다. 갓 뽑은 배추는 뻣뻣하다. 소금으로 절여야 음식 재료가 된다. 병은 뻣뻣한 배추처럼 오만한 기운을 탐진치란 소금으로 절여 올곧게 갈 수 있도록 만들었다. 그것이 중도right way다. 내가 공부한 것을 못 쓰고 가는구나 하고 안타까워했을 뿐 병을 원망하거나 좌절하지 않았다.

인도서 『열반경』을 개인 지도 받을 때다. 부처님이 돌아가시기 세 달 전 이야기인데 6장으로 된 대서사시였다. 쇠약해진 부처님을 시봉하며 눈물짓는 아난이 꼭 자신인 것만 같았다. 공양받은 음식이 더위에 상했는지 부처님이 길을 가면서 계속 혈변을 보는 장면엔 선일 스님도 눈물이 나서 잠시 자리를 떴다. 그 환희심은 부처님의 원음인 팔리어에 올인하도록 했다. 불교가 들어온 경로(한글-한자-산스크리트어-팔리어)를 거슬러 원전에 닿은 것이다.

왜 꼭 죽은 언어를 공부하느냐? 부처님 말씀의 중요함 때문이다. 어떤 것을 보아도 산으로 오를 수는 있겠지만 팔리어는 운율과 장단을 체득하면서 붓다를 훨씬 가까이 느낄 수 있다. 불성에 다가선다고 할까. 선일 스님은 열두 살 때부터 부처님

품속에서 살았지만 습관처럼 부처님께 예배했다. 전에는 간절히 느끼지 못했다. 붓다가 왜 보배인가를 '보배경'을 보고야 알았다. 예경의 마음이 절로 우러났다.

흔히 불교를 자비의 종교라고 하지만 자비라는 것도 피부에 와 닿지 않았다. 자애경 멧따수따를 읽고 부처님식의 사랑을 배웠다. 탐진치가 사라진 상태, 욕망의 바람이 사라진, 더 이상의 휘날림이 없는 고요에서 사랑이 생긴다. 내 안에 사랑이 가득해야 상대에게 간다. 차가 우러나듯이 꽃향기가 번지듯이 사랑은 일파만파 다가간다. 이성의 사랑은 낮은 단계. 전에는 불법의 전달자였다면 팔리어 10년 경전 결제는 더 많은 대중을 품을 수 있게 해주었다. 팔리어 지상주의자는 결코 아니지만 우리마저 팔리어를 버린다면 지켜줄 사람이 없지 않은가.

지금 선일 스님은 조계종단의 초기 경전 '아시리'다. 아시리란 종단의 학승 구루를 말한다. 화운사의 주지가 된 뒤 이어서 종단 최초의 비구니 영어 전문교육 기관인 국제불교학교의 학장으로 임명되었다. 두 가지 직책을 맡아 엄청 바쁘다. 일주일에 2번 하던 팔리어 경전 공부 모임은 잠시 중단했으나 새벽 4시 예불과 법문에 팔리어를 넣어 한다. 얼마 전 재를 지낼 땐 한글로 염불하고, 영가에게 경을 읽어주는 부분엔 반야심경 대신 팔리어 원전 '화살경'을 들려주니 특별한 느낌이 온다고 했다. 선일 스님도 팔리어를 말함으로써 계발이 되고 깨어나고 수행의 시간이 된다. 알면 알수록 진보하고 그릇이 커진다. 초발심으로 돌아가라지만 더 승화되면 승화되지 퇴보하지 않는다. 늘 붓다와 함께하기에.

오늘 새벽 예불에도 선일 스님은 자애경 멧따 발원문을 낭송한다. 담마의 꽃비가 사람들 가슴에 스며서 깨달음의 씨앗이 싹 트고 나무가 되어 다시 싹을 키우고…… 붓다의 원음이 법고를 두드리듯 화운사華雲寺의 빛나는 구름 사이로 번져나가기를. ❦

몸 받은 생명, 몸 없는 존재까지,
보이는 것이나 보이지 않는 것이나
멀리 있거나 가까이 있거나
숨 쉬는 이라면 누구라도 모두 다
모든 생명 모두 다 행복하여지이다!

삽베 삿따아 바완뚜 수키땃따아!

붓은 고기같이
걸림이 없고

통도사 불모 송천 스님

그림을 통해 세상과 소통하고
인생의 꽃이라 할 작품을 만들고 싶다
수행과 믿음 등 본연의 삶이 다 녹아들어야 교감하고 감명을 준다

붓은 고기같이
걸림이 없고

—통도사 불모 송천 스님

예藝의 갑골문은 사람이 나무를 심는 장면을 상형한 것이라 한다. 나무는 생명이니 예란 생명의 창조를 말하는 것일까. 조숙한 예술가는 네 살 때 협주곡을 작곡한 모차르트처럼 일찍이 나무를 심어 신동이란 말을 듣지만 대부분의 예술가들은 성장기부터 재주가 드러났다.

조선조의 신필로 불리는 장승업은 어려서 부모를 여의고 떠돌다가 역관의 집에서 살게 되지만 주인이 그림을 그리다가 잠깐 자리를 비운 사이에 자기도 모르게 붓을 잡고 산수화 한폭을 완성해 천재성을 드러냈다. 서양화가 장욱진은 보통학교(초등학교)에 입학하기 위해 서울로 와서 친척 아이들과 함께 기숙했는데, 아이들이 다 잘 때 다락에 올라가 밤을 새우고 그림을 그렸다.

불화장 무형문화재 석정石鼎 스님도 어려서부터 신동으로 존재를 드러낸 인물이었다. 부친이 당대의 선지식이었던 석두 스님이었으니 출생부터 남달랐다. 최완수 선생이 석정 스님의 선화집에 붙인 짧은 평전에 의하면 함경도에서 태어난 석두 스님은 명성왕후 국장이 거행된 뒤 망국의 과정을 지켜보다가 속세를 등지고자 출가했다. 암울한 일제 시기에도 선사로서 명성이 알려져 금강산 신계사 보운암에 머물며 법을 펼치고 있었다. 그때 신여성 이봉춘 여사가 비구니 스님이 된 육촌 언니를 찾아 신계사 암자에 왔다가 이모를 따라 석두 스님을 뵙게 되었다.

이봉춘 여사는 황해도 해주 유지의 딸로 서북도 지방을 휩쓸었던 기독교의 영향에 여권운동에 앞장섰고, 오빠의 권유로 29세에 숙명여고보 1년 단기반을 졸업한 신여성이었다. 여동생을 의과대학에 진학시키려 했던 오빠가 갑자기 타계하자 봉춘은 간호사가 되어 산파 자격증을 따고 33세에 머리를 식히러 금강산으로 갔다.

언니 비구니 스님이 석두 스님을 태산이라도 되듯 우러러보자 이 신여성은 강렬한 인상을 갖게 된 것 같다. 금강산을 구경하고 다니던 중 백일기도를 했고 돌아와 석두 스님의 법문을 듣고 나서 추종자가 되었다. 지적인 여성이 불교에 정진코자 하니 석두 스님도 감복하여 신계사 뒷산 토굴을 내주며 수행을 권했다. 이 만남으로 여사가 39세에 아들이 태어나니 숙세의 인연이요, 필연의 드라마가 되었다.

젊어서부터 독서량이 대단했던 이봉춘 여사는 아이에게 세살 전부터 천자문을 가르쳤다. 아이는 절에 가면 불보살과 탱화들을 보는 대로 따라 그렸고 장차 아이가 불모佛母(불상을 그리는 화가)가 될 소질이 있음을 알고 어머니는 종이를 한껏 사주었다. 아이가 너무 몰두하여 잠을 잊을 지경이라 붓을 빼앗아 재울 정도였다. 신계사 아랫마을에 살았던 아이는 이내 금강산 신동으로 소문이 났고 기자가 신동 화가를 취재하러 오기도 했다. 아이는 석두 스님 문하의 효봉, 향봉 스님 같은 선사들의 가르침까지 받았으니 여느 아이들과는 삶의 길이 달랐다. 13세에 석두 스님이 계신 송광사에 가서 문하가 되어 출가하고 불모 일섭 스님 밑에서 그림을 그리니 이미 15세에 원각사에서 탱화불사 5축을 혼자서 완성했다. 저절로 간 불모의 길이었다. 석두 스님이 아들에게 지어준 환경還慶이란 속명대로 불가로 회향했다. 석정 스님은 붓과 함께 50년 부처님 모습을 그런 뒤 "선사의 깊은 경지엔 미치지 못했지만 오직 바람은 옛 법을 사람에게 전하고자 함이네"라고 시를 썼다.

불모 송천松泉 스님(통도사 성보 박물관 부관장)이 석정 스님을 만난 것은 1989년 10월이었다. 그때 성보 박물관은 지금의 통도사 종무소 자리에 있었는데 경주 동국대학교 미술과를 갓 졸업한 이희갑은 전기도 달고 책 정리와 청소, 매표까지 하면서 제1기 연구원으로 근무하고 있었다. 통도사 박물관장 범하梵河 스님을 만나러 온 석정 스님은 당시 62세로 젊은 모습에도 노장 같은 기품이 있었다. 명성에 걸맞았다. 석정 스님은 해방 전까지의 불화들을 영구히 남기기 위해 '한국의 불화'를 책으로 만들자고 제의했다. 범하 스님은 물론 젊은 연구원도 기꺼이 동참하고자 했다. 제의를 듣고 보니 역사적인 일이라는 생각이 들어서 "내가 그림을 못 그리더라도 이 책을 완성하겠습니다" 결의를 보였다.

다음 해부터 이 거사가 시작되었다. 대상그룹에서 3억 원을 지원했고 석정 스님은 불화 기획, 범하 스님은 집행 관리, 연구원 이희갑은 사진 촬영과 현장 책임을 맡았다. 직지사에서부터 작업했다. 직지사의 관응 스님이 스님 10명을 뽑아 경전 전문

과정을 이수시켰는데 그때 공부한 범하 스님이 직지사와 인연이 있었다. 처음엔 장비 불충분으로 전부 밖에서 노광으로 촬영했으나 계절과 온도에 따라 색의 변화가 있었다. 여름, 겨울에는 직사라 그림자가 강하고 봄, 가을이 일조량이 많아 산광되면서 음영 대비가 좋았다. 이렇게 경험을 쌓으면서 4년간 불화 2권과 본말사지 2권을 만들었다.

직지사 작업을 끝내고 나니 경비도 떨어졌다. 범하 스님은 심근경색으로 쓰러져서 입원했다. 석정 스님도 더 이상 지시가 없었지만 현장서 몸담고 촬영한 연구원은 너무나 아쉬웠다. 불화 조사를 시작한 첫해 6월, 비구니 절 청암사에 머물 때다. 해우소에 가려고 나서니 밤하늘에 은하수가 걸쳐 있고 별들이 쏟아질 듯 박혀 있었다. 그 좋은 도량에 그 눈부신 풍경이라니. 그의 생애에서 마주친 최고의 시공간이었고 환희심이 충만했다.

직지사는 유리 장이 많아서 불상도 옮기고 유리 장을 해체하여 탱화를 찍었다. 동료들이 그럴 필요가 있는가? 했지만 그는 망치를 들고 몸소 목수 역할까지 하면서 빠짐없이 촬영했다. 포기하기엔 작품이 좋았다. 범하 스님도 연구원의 성심을 보고선 주도적으로 하도록 했다. 작품을 찍을 땐 난관에도 아이디어가 떠올랐다.

범하 스님이 회복되자 이연구원은 재단을 만들어 한국의 불화 작업을 계속하자고 건의했다. 석정 스님의 선화전을 열어 기금을 만든다는 아이디어였다. 불사佛事라는 개념으로 그림을 팔자는 생각이었다. 처음에 범하 스님은 되겠나, 하고 한 귀로 흘렸지만 기원정사의 비구니 설봉 스님이 그 말을 듣고 하자고 했다. 몇 십 점을 팔아주겠다고 했다. 그 말이 힘을 실어주어서 석정 스님도 쾌히 응락했고 1996년에 선화전이 열렸다. 수불 스님도 적극적으로 밀어서 불사라는 개념으로 불자들이 하나둘 사니 포장하기 바쁠 정도로 그림이 나갔다. 이렇게 8억이 모이자 범하 스님이 이연구원에게 말했다. 서로 합이 맞다고. "출가를 하지."

1997년부터 2002년까지 서울에 성보문화재연구원을 설립하여 '한국의 불화' 작업이 재개되었다. 이연구원은 135밀리미터, 120밀리미터 하셀블라드 두 대로 사진을 찍었다. 달나라에 간 사진기였다. 동국대학교에 다닐 때 학교 박물관 근로 장학생으로 유물 작업을 했고 그때 사진을 배웠다. 주말과 방학 때는 통도사에 가서 일을 거들었고 이때 범하 스님을 처음 알게 되었다. 이 인연은 범하 스님이 입적하는 날까지 이어졌다.

2차 작업 때는 조명 장비를 갖추고 실내에서 찍었다. 직지사 후불탱화 3축을 오후까지 땡볕에서 찍었을 땐 머리가 핑 돌았다. 괘불掛佛은 고난도 작업이었다. 겨울엔 습기가 없어서 족자 형태는 찍을 수 없었다. 접힌 부분과 그림자 처리가 까다로웠다. 연구원은 괘불을 바닥에 펼쳐 놓고 포클레인에 올라가서 찍는 방법을 택했다. 흔들림도 스스로 개발한 방법으로 극복했다.

조선조 영·정조 시대의 불화는 특히 감동을 주었다. 조선시대 3대 화원으로 상겸, 의겸, 신겸을 꼽는데 그중에서도 의겸 스님의 탱화가 좋았다. 해인사 대적광전의 오른쪽 벽면 〈영산회상도〉는 의겸 스님의 역작이다. 등장인물이 많아 빈 공간 없이 빼곡 차 있지만 섬세하다. 조선시대의 모본이 되는 불화로 차분하고 깊은 명상에 잠긴 듯한 깊이감이 있다. 국보인 구례 화엄사 괘불, 구도와 색상이 아름다운 부안 개암사 괘불도 의겸 스님의 작품이다. 의겸의 괘불 작품은 7점이 남아 있고 후불까지 합치면 몇 백 점이 될 것이다.

어떤 탱화는 금방이라도 말을 할 것 같은데, 화원들이 무의식중 자기 모습을 그리는지도 모른다. 대관령을 중심으로 관서

와 관동으로 가르면 경상도 지방의 불화가 가장 오래되고 양도 많다. 100점 중 30~40점은 색감이 짙어 무거운 느낌을 준다. 직지사 탱화도 강한 느낌을 준다. 전라도 지방은 화려하고 산뜻하며 다양하다. 서울·경기 쪽은 오래된 것이 드문데 변화가 많아서 그럴 것이다.

'한국의 불화' 작업을 하면서 얻은 것은 불화를 보는 안목이 커졌다는 점이다. 어릴 때부터 서양식 미술 교육을 받아서 파스텔 톤을 좋아하고 원색을 거의 쓰지 않았다. 동양에선 원색을 쓰므로 처음엔 거슬렸지만 갈수록 강한 색상에 매료되었다. 에너지가 느껴졌다. 고려 불화와 달리 조선조에서 강한 원색을 쓴 것은 유교 사회의 억불 정책 때문이 아닐까. 억압에서 일어설 수 있도록. 고려 말에 들어온 티베트 밀교의 영향도 있었을 것이다.

조선 후기가 되면 나라 전체가 고난이 많고 임란 이후부터 티베트 밀교가 활성화되면서 본격적으로 쓰인다. 벽화도 후기로 오면 걸개로 바뀌고 체계화되면서 의식이 커졌다. 부석사는 불단이 적은데 후기로 들어서면 불단이 커진다. 공양물을 올리고 그 앞에서 의식을 하기 때문에 큰 탁자가 필요했다. 불화의 최종 목적은 불자로 하여금 신심이 생기게 하는 것. 갈망하는 듯한 원색이 강렬한 신앙심을 표현하고 있다. 화사가 된 뒤 송천 스님은 초봄의 연두, 그중에서도 역광으로 스며 나오는 연두색을 좋아하는데, 양록洋綠이 들어가면 붉은색과 잘 조화된다. 붉은색도 세월을 먹으면 깊은 느낌을 주고 편안하다.

또 불화의 전통도 지켜져야 할 부분이라는 것을 알게 되었다. 전통 방법보다 귀를 짧게 한다든지 입을 크게 하면 속되어 보인다. 눈도 현실적으로 그리면 이상하다. 얼굴과 옷 모양 등이 전체 그림에 맞도록 도식화되어서 새로운 방법으로 그리면 어색하고 거슬린다. 불화는 아잔타 석굴에서 중국 석굴들을 거쳐 수행의 지혜로 그려진 것이라 가장 원만하고 좋은 방법이 채택되었을 것이다. 한국에선 1900년대부터 탱화의 질이 떨어지고 1920~1930년대엔 급격히 떨어진다. 일제는 식민지의 전통문화 말살 정책으로 승려들에게 결혼을 강요했고, 돛대 없는 배 같은 시국에서 수행을 필요로 하는 좋은 불화가 나올 수 없었을 것이다.

작업의 마무리 단계에서 2003년 이연구원은 통도사에 출가했다. 당시엔 40세가 출가 제한 연령이었다. 졸업 뒤 20대 연구원 시절에 맞선을 5번 봤지만 서로가 어긋났다. 그 뒤로도 "그

림 그리며 평범하게 사는 게 낫지 않을까"생각하다가 절만 다
니며 불화를 찍다 보면 "출가하면 정말 좋겠다"고 마음이 바뀌
곤 했다. 처음엔 책에서 보던 작품들을 직접 보고 찍는다는 설
렘이 컸다. 뒤에는 선조들이 지혜와 지극정성으로 그려내고 탄
생시킨 그림에서 생명력을 느끼고 환희심에 시간 가는 줄도
몰랐다. 아름다움에 감동할 줄 아는 예술가의 열정이었다.

출가한 다음 해 사미계를 받자 은사가 된 범하 스님이 "행
자 생활을 굉장히 길게 했다"고 말했다. 1990년부터 수행하듯
일념으로 '한국의 불화'를 찍었으니 17년이란 세월이 흘렀다.
2007년 드디어 『한국의 불화』 40권이 완간되었고 그제야 송천
스님은 등을 펴고 학인으로 강원에 들어갔다.

조계종 산하 본사 소속 476개 사찰과 14개 박물관에 소장된
각종 불화 3,156점을 각 권 250쪽 안팎으로 수록하고 50억 원
이 투입된 대사업이었다. 6천여 컷을 찍었으니 필름 값만 5억
정도가 들었다. 뒤에는 문화재청에서 약간의 보조를 했지만 민
간단체의 대장정이 낸 결과물이란 점에서 "스스로 대장경 판
각에 비유할 만한 일로 자부한다"고 성보문화재연구원의 한
관계자는 말했다.

일 자체는 힘들어도 한 번도 일정이 어긋난 적은 없었다. 비가 와서 못 찍게 된 일도 없었다. 왕실 사찰이었던 안성 칠장사의 괘불은 기대감을 가질 정도로 작품이 좋았다. 어렵게 날짜를 정했으나 아침에 비가 왔다. 다행히 오후에 개었지만 구름이 끼었는데, 포클레인을 타고 올라가니 갑자기 햇살이 비추었다. 부처님의 가피인가 싶었다. "뜻이 있으면 길이 있다." 총 17년간 이렇게 괘불 80여 점을 찍었다. "내가 그림을 못 그리더라도 이 책을 완성하겠다"는 진정성이 원동력이었다.

불교중앙박물관 초대 관장이었던 범하 스님은 불교미술사학회 등의 종단 소임을 많이 맡았고 행정과 대인 관계를 합리적으로 하여 요즘으로 말하면 시이오CEO처럼 판단력이 빨랐다. '한국의 불화' 조사 과정에서 괘불을 걸 수 있는 박물관을 구상했고, 1999년 통도사 성보 박물관을 신관으로 옮기면서 괘불전을 1년에 한두 번 했다. 할 때마다 3천만 원의 경비가 들었지만 자원봉사로 등록한 380명과 관람객의 호응도는 매우 높았다. 성보 박물관은 유물 4만여 점 가운데 불교 회화만 600여 점이라 회화 전문 박물관을 표방하고 있다. 범하 스님은 박물관을 현대화하고 유물을 통해서 불교문화를 대중화하는 데 큰

공헌을 했다.

　아마 『한국의 불화』 40권 완간을 가장 기뻐한 사람은 석정
스님이었을 것이다. 석정 스님의 오랜 서원이었다. 석정 스님
은 자금 마련을 위해 기꺼이 그림을 내놓았고 탱화뿐 아니라
선화라는 창작을 통해서 불교문화와 대중과의 교감을 했다. 송
천 스님의 은사가 되고 불화의 스승이 된 두 스님 다 열정적이
고 시간을 헛되이 보내지 않는 행동가라 호흡이 잘 맞았다. 두
분은 국가 훈장을 받았고 송천 스님은 사미승 최초로 총무원
장 공로패를 받았다. 한국 불교사 1,600년에 법연의 트라이앵
글이 이루어낸 쾌사였다.

　송천 스님은 사미계를 받고 강원에 들어가기 전까지 2년간
석정 스님 작업실을 오가며 불화를 배우고 일을 도왔다. '한국
의 불화' 작업으로 거의 붓을 놓아 처음엔 자신이 없었다. 석정
스님 그림은 철선이 굵고 힘이 있으며 선이 고르고 명확하다.
색깔을 쓸 때나 단어를 표현할 때나 모든 것이 분명했다. 말의
톤이나 표정도 한결같았고, 마음에 들건 안 들건 모두를 똑같
이 대했다. 제자의 질문에도 인자하게 성심성의껏 답해주는데,
불화는 돈에 관계없이 심신과 정성을 바쳐 그려야 한다고 말

했다. 송천 스님은 먼저 스승에게서 불모의 자세를 보았다.

송천 스님은 스승의 탱화 10여 점 작업도 거들었고 석정 스님의 권유로 송광사와 통영 미래사에 안치할 15점의 진영眞影을 그렸다. 엽서 크기의 흑백사진을 놓고 전통 초상화 기법으로 윤곽만 따서 보여드리니 안 닮았다고 했다. 그렇지 않은데? 싶어서 연필로 두어 시간 음영을 넣어 다시 보여드리니 좋다고 했다. 이렇게 시작된 진영이 스스로 대견할 정도로 잘 진행되었다. 효봉 스님이 일으킨 미래사엔 석두-효봉-구산으로 이어진 3대 진영이 들어갔고, 송광사엔 불모 일섭 스님의 진영이 안치되었다. 석정 스님의 육친 석두 스님과 불모 스승의 진영을 그린 것도 뿌듯했다.

작업을 마치고 나자 이생에선 그림을 통해 소통하겠다는 생각이 굳어졌다. 스승 석정 스님이 필연으로 불모가 되었고, 은사 범하 스님이 전생의 인연으로 동진 출가했다면 송천 스님은 알 수 없는 인연에 자석처럼 끌려온 것 같았다. 평범한 집안

에서 5남 1녀 중 넷째 아들로 자랐으나 어릴 때부터 그림이 뽑혔으니 재주가 있는 것은 분명했다. 송천 스님은 초등학교 3학년 때 〈소년동아일보〉 미술전에 출품하여 가작상을 받았다. 강에 백로가 서 있는 그림이었다. 5학년 때는 붓글씨로 교내 최고상을 받았고 반공 그림도 상을 받았다.

추첨으로 들어간 경주중학교 1학년 때 미술 선생님이 5명을 선발한 데 뽑혀서 미술반에 들어갔다. 신라 문화재 전국사생대회가 열리면 한두 달 전부터 준비를 했다. 미술반은 오전 수업만 하고 오후엔 계림에 나가서 즐거웠다. 여름 숲속그림학교에서 그림을 그렸고 영남대학교 전국미술대회에서도 특선에 뽑혔다. 아침 조회 때 항상 단상에 올라가 전교생이 '이희갑'이란 이름을 알았다. 공부도 잘하여 상반기에는 늘 10등 안에 들었지만 하반기에는 미술전 때문에 밖으로 나가서 성적이 떨어졌다. 체육 교사였던 중3 담임은 성적이 오르내리니 커닝을 하는 줄 알고 시험 때면 이희갑을 주시했다. 입학시험을 칠 땐 뒷자리의 아이가 보여달라고 해서 보여주었더니 명문 경주고등학교에 합격하여 잔치까지 벌였다. 이희갑은 미술 특채로 어차피 경주고등학교에 들어가기로 되어 있었다.

불화와 인연이 닿은 것은 경주 동국대학교 미술과에 들어가서다. 불화 책을 보고 막연히 불교미술이 좋아서 전공으로 정했다. 대학 때 처음 접한 불화가 관음도였다. 고려 불화의 수채화같이 은은한 색감과 초월의 모습이 거룩해 보였다. 대학 2학년 때 용을 탄 관음도를 출품했더니 전시회에 온 스님이 걸고 싶다고 하여 정각원에 기증했다. 졸업 작품으로 미륵반가사유상에서 손 모양을 변화시켜 응용한 사유관음을 그렸다. 이 작품을 1988년 불교미술대전에 출품하여 특선을 받았다. 관음 그림이 신앙적인 측면과 회화적인 요소가 가장 잘 어울려서 아름다운 구성을 할 수 있었다. 2009년 통도사 성보 박물관에서 일본 경신사 소장 고려수월관음도 특별전이 열렸을 땐 백일기도를 했다. 학인 시절이었다.

강원 시절엔 건강 문제가 불거져 나왔다. 위에 열이 나서 얼굴이 붉어지고 경전의 글자가 두 겹으로 보였다. 이가 흔들리면서 빠졌고, 발우 공양 때 빨리 먹지 못해서 힘들었다. 어른 스님들이 기다리시니 대중 시간에 맞추어 공양해야 했다. 수각에선 빨래를 하다가 허리가 아파서 일어서지 못했다. 학업을 일시 중단하려 했을 만큼 심각했다.

화엄사에서 '한국의 불화' 작업을 할 때 허리를 심하게 다쳤다. 각황전 후불탱화를 비롯해 모두 6점을 찍었는데, 길이 732센티미터로 한국 후불탱화 중 가장 길었다. 탱화를 떼어내려면 더 긴 사다리가 필요했지만 그런 건 없었다. 고심하다가 뒷면을 보니 1미터 간격으로 각목이 걸쳐 있었다. 그래서 각목만 잡고 올라가 뒤에서 떼다가 허리가 뒤로 꺾어졌다. 그날 밤 세 방을 건너 들려오는 우렁찬 코 고는 소리에 한숨도 자지 못했다.

무거운 작품을 들어내야 하는 사진 촬영은 육체노동이었다. 카메라를 설치해 찍고, 그림을 위에서 떼고 내려오면 다리가 후들거렸다. 석수 노릇도 하지만 탱화를 밑에서 말기 힘들어 위에서 말아가면 정신이 나갈 정도로 힘들었다. 거룩한 불화를 찍는다는 환희심이 있었지만 다 하고 나면 썰물처럼 진이 빠졌다. 청춘을 바친 세월은 헌신을 넘어 희생에 가까웠지만 송천 스님은 각자의 역할이 있다고 생각한다.

"나는 뿌리 역할을 한 것 같아요. 내가 내린 뿌리로 뒤의 연구자는 꽃을 피우고 가지를 뻗어가요. 세세대대로 내려온 불국토 그림을 현장 작업으로 기록하였으니 자리이타自利利他요 실천이요."

강원을 졸업한 2010년부터 2012년 사이에 석정 스님 옆에서 다시 작업했다. 건강 문제로 시달릴 땐 마음도 약해져서 그림이 어렵게 느껴졌다. 스승의 화법이 쉽지가 않아서 수행자로만 나아갈 생각을 했다. 전에 석정 스님이 해인사 아래 도자기 공방에서 작업하는 것을 지켜본 적이 있다. 큰스님은 100여 점의 도자기에 시제와 화제를 쓰고 그림을 그려 넣는 데 머뭇거림이 없었다. 탱화도 500점 이상 그렸으니 50년을 기준으로 해도 1년에 10점을 그렸다. 에너지가 많고 열정적이다. 선화도 담백하고 자연스럽고 늘 봐도 새롭다. 누구나 그린다고 선화가 되는 것이 아니다. 수행을 통한 공부와 먹이 하나가 되는 삼매의 경지에서 선화가 나온다. 큰스님의 80세 생신 때 송천 스님은 "큰스님이 붓을 드시니 연화장 세계요……"라고 써서 제자의 선물을 드렸다. 경외심으로 그리니 가슴의 떨림이 있었다.

큰스님이 입적하기 한 해 전에도 그리는 선의 길이가 점점 짧아지고 쉬는 시간이 길어졌다뿐 엎드려 그리는 자세는 한결같았다. 큰스님은 제자가 채색을 올린 영시암 후불탱화에 먹선으로 상호를 완성했고, 점안식點眼式을 하러 백담사에서 영시암까지 3시간 걸려 걸어가셨다. 그것을 마지막으로 병석에 누웠다. 두 달 뒤 입적하면서 통도사 말사末寺 불광사의 미완성 '104위 신중탱화' 상호를 송천 스님이 완성하도록 유언했다.

입적하신 뒤 영안실에서 잡아본 큰스님 손의 온기와 깨끗한 모습. 붓으로 시작해 붓으로 끝난 생. 50여 평의 검소한 화실 벽에 붙어 있던 성모마리아 그림은 대인의 호방함을 느끼게 했다. 위대한 사랑의 상징이었을까. 어머니의 영상인지도 모른다. 또 타고르 사진도 붙어 있었는데 선시와 한시를 쓰는 문학 애호가의 향취였다. 말없이 모든 것을 행동으로 보여주시고 석정 스님이 2012년 12월 입적하시자 암으로 투병 중이던 은사 범하 스님이 17일 뒤 정월에 입적하셨다. 은사 역시 종단의 행정가로서 금생에 해야 할 일을 다 하시고 생사를 마쳤다.

송천 스님의 화실 한쪽에는 관음보살이 물고기 바구니를 들고 있는 유려한 그림이 걸려 있다. '어람관음'이다. 고기 어魚, 바구니 람籃. 양산 신흥사 벽화에 그려진 그림인데, 보살이 오른손에 든 바구니 안에 잉어가 놓여 있다. 잉어는 중생의 상징이라고 한다. 신흥사의 이 벽화는 통도사의 영산전 벽화와 함께 보물로 지정되어서 천재지변이 났을 때를 대비해 문화재청

具足神通力　廣修智方便　十方諸國土　無剎不現身

에서 모사를 지정했다. 송천 스님은 이 모사를 맡으면서 국가 지정 모사 장인의 조건을 가진 셈이다.

송천 스님이 해인사 말사 심원사의 산신괘탱을 맡아 완성하자 석정 스님이 보고 만족하셨다. 거목인 스승의 인정이 기쁘지만 돌아가시고 나니 한 번도 혼난 적이 없었다는 생각이 들어 서운했다. 분명 잘하지 못한 것도 있었을 텐데 스승은 관대하기만 했을까? 보이지 않는 것까지 그리라고 했지만 과연 그랬는지 제자는 알 수 없다. 아들이며 상좌인 석정이 그림에만 빠져 있자 탐탁지 않았던 석두 스님은 먼 길을 찾아온 석정을 공양 시간에 보살들 맨 뒤에 가서 앉으라고 면박을 주었다. 18세의 석정 스님은 이 일로 분기하여 선 공부에 정진했다지 않은가. 사랑의 질책은 상승과 도약을 가져오리라. "샘물처럼 남을 이롭게 하라"고 샘 천泉 자를 넣어 법명을 고쳐주셨으니 그림으로 하화중생下化衆生에 매진하라는 말씀으로 새기리. 대승의 지향점이다.

반가사유상, 석굴암, 고려 불화 등은 시대를 넘어 감동을 주는 위대한 불교 문화유산이다. 다시 찾고 싶은 사찰들, 다시 찾고 싶은 그림들이 있다. 송천 스님도 다시 찾고 싶은 그림을 그리는 금어金魚가 되기 위해 노력하려 한다. 부처님 가르침을 그리되 현대 정서에 맞게 창작을 하고 싶다. 건강에 신경 써서 다행히 눈이 많이 나아졌다. 작업에 전념할 시간만 마련되면 전부터 구상한 한국사 연작을 시작할 것이다.

첫 작품은 사신도로 출발할 것이다. 사방의 별자리를 상징적인 동물상으로 나타냈다는 사신도가 우주적이어서 우리 문화의 시발점으로 그리려 한다. 중국에서 전래되어 수호와 벽사를 목적으로 그려졌으나 고구려에서 백제, 고려를 거쳐 조선조의 민화에까지 지속되니 우리 민족의 세계관을 보여준다. 무엇보다 사신도는 회화적으로 아름답지 않은가. 두 번째 작품은 삼국시대와 통일신라기를 그리는데 수많은 불교 설화와 반가사유상이 추상으로 표현될 수도 있다. 세 번째는 고려시대로 당대 문화의 최정점이었던 수월관음도를 중심으로 그려진다. 조선조는 성리학의 이상 세계로 무릉도원이 나오지만 불교 사상이 보이지 않게 깔릴 것이다. 구상과 비구상을 절충하여 그릴 예정이라 조선조 편은 비구상이 섞일 것이다.

일제강점기는 연작 중 가장 그리고 싶은 작품이다. 나라를 위해 자기희생을 했던 고혼들을 위한 의식을 화면에 펼치려 한다. 종교인으로서 가장 큰 덕목이 희생이다. 내가 편하게 있으면서 제도를 할 수 없다. 유관순, 안중근, 김구, 만해, 추월 스님 등 구국의 길을 가는 인물들이 댓잎이 늘어선 층계로 올라가는 모습을 구상하고 있다. 기존의 초상화를 탈피할 것이다. 약산의 진달래를 바탕으로 깔고 도도하게 흘러가는 역사의 물결을 그리고 싶다. 그 뒤 6·25와 현대사로 이어지는데 연작의 마지막 작품엔 김연아와 발레리나 강수진을 넣어 도약의 이미지를 표현할 것이다.

송천 스님은 시력을 보아 섬세한 그림을 그릴 수 있는 시기가 앞으로 10~15년이라고 잡는다. 그 안에 그림을 통해 세상과 소통하고 불모로서 인생의 꽃이라 할 작품을 만들고 싶다. 해인사의 〈영산회상도〉에 감명받았듯이 가장 원만한 탱화를 조성하는 것이 불모로서 예술가로서 기착점이다. 수행과 믿음 등 본연의 삶이 다 녹아들어야 교감하고 감명을 준다. 파도가 없지 않으나 번뇌를 없애려고 노력함으로써 더 높은 이상으로 나아갈 수 있는 계기가 될 것이다. 스승처럼 기도하는 마음으로 임하면 "붓은 고기같이 걸림이 없고", 석정 스님의 시에 녹아 있는 경지가 포탈라Potala 궁처럼 솟아 있지만 일념, 일념이면 들어설 수 있으리. ❀

그림과 선이 하나 되어 하루 종일 지내니

붓놀림이 무심해서 저절로 도에 드네

눈에는 싸늘한 빛, 꼭 다문 입은 힘이 있으니

말 없는 소리가 우레처럼 하늘땅을 흔드네

―서정 스님,「달마상을 그리며」전문

해인사는
액션이다

해인사 학인 스님들의 하안거

스님들이 기러기가 외줄로 날아가듯 법당을 향해 진군한다
늘 잠이 모자라는 듯하지만 캄캄한 하늘
에 뜬 별이 닿은 듯 머리가 일순 맑아진다
코끝으로 밀려드는 공기도 박하처럼 싸아하다

해인사는
액션이다

—해인사 학인 스님들의 하안거

지난 정월 해인사에 왔을 때다. 저녁 공양 후 경내를 다니다 힘찬 북소리에 발길을 멈추었다. 법당 예불을 시작하기 전의 법고 의식이었다. 장삼에 가사를 걸친 스님이 법고 한가운데 서서 천지를 진동시키듯 북채로 두드리고, 두 팔을 뻗어 원을 그리듯 가장자리를 쳐 내려가는 모습이 자유자재했다. 겨울 추위에도 장삼 자락을 날리며 좌우상하로 북채를 놀리는 모습은 경탄스러울 정도였다. 다른 절에서도 법고 의식을 많이 보았지만 해인사는 특별했다. 그 변별력이 무엇인지 한참 궁리하니 소림사란 단어가 퍼뜩 떠올랐다. 기예와 같은 능숙함과 씩씩한 기상이 소림사의 무술을 떠올리게 했는지 모른다. 그제야 해인사 천왕문 안에 있는 사천왕 탱화가 생각났다. 다른 사찰에는 거대한 사천왕 조각이 눈을 부릅뜨고 서 있지만 해인사엔 탱화로 그려져 있다. 해인사를 지키는 건 무술처럼 법고를 치는 학인 스님들이라 사천왕들은 뒷짐 지고 그림 속에 들어앉아 있었다.

사찰에선 행자와 강원 생활을 중물 들이는 가장 중요한 시기라 말한다. 삼보사찰은 특히 이 시기의 초기 교육을 중시하지만 그중에서도 해인사는 규율이 엄하고 상명하복이 강한 것으로 알려져 있다. 특히 1학년 치문반緇門班과 2학년 사집반四集班은 새벽 3시부터 밤 9시까지 분초를 다투는 생활을 이겨내야 한다. 강원 입학할 때 받은 전자시계를 심장처럼 지니고.

2시 50분에 맞추어 놓은 시계가 울리면 관음전의 치문반 스님 전원이 일어나 요 오른쪽 끝 모서리에 놓아둔 적삼과 양말, 행전을 착용한다. 어둠 속에서 감각으로 한다. 이불은 세로로 반 접고 다시 가로로 반 접는다. 요는 삼등분으로 개어 이불 속에 집어넣는다. 장판의 선을 따라 반장이 먼저 갠 이부자리를 놓으면 모두 선에 맞추어 놓는다. 2시 56분 30초까지 이 일을 끝내고 하루 일과를 시작하지만 법당 종두 소임의 사집반 스님은 2시 반에 먼저 일어나 불전에 다기물을 올리고 촛대마다 불을 켠다. 장삼에 가사를 걸치고 법당 앞에 선 종두 스님의 목탁 소리가 3시 정각 도량에 울려 퍼지면 동시에 관음전에 등이 켜지고 전날의 일력이 넘어간다. 세면을 마치고 도량의 우렁찬 북소리가 울리면 치문반 스님들이 3시 18분 45초에 가사 장삼을 착용한다.

치문반 스님들이 차례로 밖으로 나서서 3시 20분에 관음전 댓돌을 출발하면 2분 뒤 사집반 스님들 역시 "기러기가 외줄로 날아가듯" 법당을 향해 진군한다. 늘 잠이 모자라는 듯하지만 캄캄한 하늘에 뜬 별이 닿은 듯 머리가 일순 맑아진다. 코끝으로 밀려드는 공기도 박하처럼 싸아하다. 치문반 스님들이 신발을 뒷줄에 가지런히 벗어 놓고 법당 좌우 뒷문으로 들어가 앉으면 3시 26분. 2분 뒤 사집반 스님들이 댓돌 아래 앞줄에 신발을 벗고 들어서면 법당엔 벌써 선정의 고요가 감돈다. 사교반四教班, 대교반大教班 상급반 학인 스님들과 어간 큰스님들까지 정좌하시면 종, 목어, 운판, 마지막으로 법당의 소종 소리가 울리면서 "계향, 정향, 해탈향" 선창 스님의 오분향례五分香禮와 지심귀명례至心歸命禮로 장엄한 아침 예불이 진행된다.

가사를 여미며 기러기 줄로 법당에서 돌아오면 외등이 꺼지고 찰중察衆 스님의 죽비 3타에 학인 스님들의 공부가 시작

163

된다. 대방에서 각자 경상을 놓고 경을 읽는 간경看經 시간이면 학인 스님들의 수행 공간은 경전을 읽는 우렁찬 소리들로 열기를 띤다. 다투어 흐르는 계곡물처럼 산중을 흔드는 공부 소리에 수마도 사라지리라. 발우 공양과 울력을 끝내면 가사 장삼을 입고 대기하다가 7시 7분 착석하여 학장 스님과 학감 스님, 교수사 스님 앞에서 상강례上講禮 게송을 읊는다. 경을 보기 전 부처님께 감사하고 학업에 정진하겠다는 다짐이다. 7시 15분 30초에 관음전을 출발하여 강원 교실 화장원에 도착하고 7시 30분부터 9시 50분까지 수업을 받는다.

대방 복귀하면 청소한 뒤 가사 장삼 착용하고 사시 예불. 공양 뒤 12시 30분부터 15시 20분까지는 오후 수업을 한다. 오후에는 외국어 특강인데 영어는 필수고 중국어와 일본어 중 하나를 선택한다. 월요일의 산스크리트어 수업은 하급반에게 필수고 상급반이 되면 선택이다. 복귀 후 16시 57분 죽비 3타로 인원 점검하고, 각자 맡은 소임을 본다. 다각 스님은 보리차를 페트병에 넣어 대방 냉장고에 넣고 전날의 물을 뺀다. 영선 스님은 수각장(세면장)에 새 수건과 세제, 섬유유연제를 채워 넣는다. 저녁 공양과 예불 뒤에도 찰중 스님의 죽비 3타로 간경이 시작되는데 하루의 공부가 마무리된다. 씻고 돌아와 20시 27분 30초에 이부자리를 펴면 그날의 잘잘못을 반성하는 소공사를 시작하고, 21시 삼경에 종이 3번 울리면서 소등이 되고 일과가 끝난다.

학인 스님들은 이처럼 하루 18시간 규율에 짜여 생활한다. 신참 치문반은 꼭 해야 할 말 외에는 묵언해야 하고 컴퓨터 사용도 제한받는다. 공중전화를 할 때도 2명이 같이 간다. 이부자리 정리부터 옷 입기, 공양, 예불, 울력, 전화받는 법, 방에 들어갈 때의 말 등 5백 가지의 습의를 익혀가야 한다. 편히 지내려면 빨리 배워야 하지만 출가 연령이 높아져 힘들고 개인적인 습도 있다. 절의 습의를 익히기 싫어하면 타의적으로 경책을 받을 수밖에 없다. 지금보다 규율이 훨씬 엄했던 10년 20년 전에는 상급반으로부터 내려온 심한 경책으로 반 전체가 저녁 9시부터 새벽 3시까지 삼천 배를 했다. 대한민국 남아라면 군대를 거치기에 어디든 군대 문화가 남아 있지만 진정 승려가 되고자 한다면 이것도 절차탁마의 과정으로 여겨야 한다.

예부터 내려오는 해인사의 청백가풍은 산세와 관련이 있다고 교수사 효범 스님은 말한다. 산세와 자연이 정서를 형성하여 세 사찰이 특이한 가풍을 이루었다고. 통도사는 영축산이 부드럽고 원만하여 도량이 넉넉하고 큰 가족처럼 산다. 송광사는 고전적 가풍이 옛날 모습을 연상케 한다. 현대적 삶을 살면서도 보석이 감춰진 듯한 느낌을 준다. 해인사는 뾰족한 산세라 기가 살아 있는 듯하다. 젊은 생기가 있고 수행의 기운이 카랑카랑하다. 그 서슬로 근대사에 인물들이 발자취를 남겼다.

"해인사 강원이 엄격하다지만 1,700년 전부터 들어온 수행법이다. 모든 번뇌는 육근六根으로부터 온다. 부처님 시절부터 승려들이 몸을 고단하게 하는 것이 수행에 좋다는 것을 경험으로 알았다. 나는 방에 군불을 땐 마지막 세대지만 이제는 울력을 통한 깨달음 같은 건 없다. 보일러를 때고 생활이 안락해졌지만 번민이 더 많다. 초석을 다지는 강원에서 몸으로 자기와의 싸움을 거칠 필요가 있다. 종단에서 무슨 일이 벌어져 방송에 나가면 포교원의 신도 절반이 떨어져 나간다. 수행이 곧 포교일 수 있다. 지도자가 될 학인들에게 우리가 서 있어야 할 자리는 어디인가, 어떻게 처신해야 할 것인가를 가르친다. 강원에서 『금강경』만 가르쳐서는 안 된다."

30여 년 간 신문 스크랩을 해오며 불교가 하는 일을 지켜봐

온 효범 스님의 일침이다.

얼마 전 위에서 말씀이 내려왔다. "강원 창불 왜 그렇게 늘어져!" 월요일 오후 전 학인이 듣는 산스크리트어 수업이 강사 스님의 사정으로 결강이었다. 이렇게 빈 시간에 각자 할 일을 하면 얼마나 좋겠는가. 경책이 들어왔으니 찰중은 창불 연습을 시켜야 한다. 매일 하는 예불이 왜 그렇게 안 되는지, 찰중 정혜 스님은 안타깝다. 한 사람이라도 집중을 하지 않으면 창불의 하모니가 깨어진다.

1, 2학년의 창불 연습 후엔 대방에서 법공양 습의를 했다. 법공양이란 하안거 동안거 때 가사 장삼 착용하고 어른 스님들을 위시하여 율원, 선원 스님까지 90여 명이 함께하는 아침 발우 공양을 말한다. 학인 스님들이 가장 긴장하는 시간이기도 하다. 공양 의식이 시작되기 전 착석하여 대기하는 시간엔 숨소리조차 들리지 않는다. 대중 속에서 실수하지 않기 위해 시간 날 때마다 연습하지만 습이 익지 않아서 계속 지적당하는 스님이 있다. 3학년이 되면서 찰중으로 뽑혀 하급반을 보살피고 지도하는 정혜 스님은 이날도 법공양 연습을 지켜보다 시범을 보인다. 2학년 때도 습의사로 1학년 치문반을 가르쳤다.

발우 받는 법부터 법공양 의식에는 절도가 있어야 한다. 정혜 스님이 양동이 밥을 주걱으로 퍼서 발우에 담는 행위는 시중과는 확연히 다르게 액션이 크다. 왼팔의 긴 장삼을 오른손으로 고정시키고 발우를 받는 동작은 무술 같다. 전에 범패를 배웠던 찰중 스님의 습의는 무용처럼 리듬감이 있다. 해인사 법공양 의식이라는 걸 한눈에 보여준다. 안무가가 본다면 영감을 받을지도 모르겠다. 정혜 스님은 말한다.

"해인사는 액션이다. 액션이 크다. 그건 하겠다는 의지를 보이는 것이다."

찰중 소임을 맡고 있는 정혜 스님은 연락용 휴대전화를 받았다. 구형 휴대전화로 어른 스님의 전화가 걸려오면 찰중 스님은 자리에 선 채로 "네 스님, 네 스님, 네 스님, 네 스님" 큰 소리로 답하고 서둘러 관음전을 나선다. 덧붙일 필요가 없다. 하겠다는 의지만 보인다. 하심을 가르치는 해인사가 아닌가. 30대에 여수 향일암에서 관음상을 본 후 꿈을 꾸면 늘 부처님이 그를 지켜보아서 저절로 절로 갔다. 그때도 속세에 빚이 남았던가, 해남 대흥사에서 출가했으나 "사십이 되어야 중이 되겠다"고 은사 스님이 말하셨다. 불전에 다기물을 갈 때 즐거워서 날아다녔지만 은사 스님 말대로 되었다. 지금도 그 환희심을 간직하고 있으니 제대로 공부하러 재입산하고 싶었다. 3년 전 뒤늦게 해인사 강원에 들어왔더니 선택받은 사람이 오는 것 같아서 더 바르게 살아야겠다고 다짐한다.

틀에서 벗어나면 지적해주고, 상황을 점검하고 상담도 듣는다. 찰중은 하급반 스님들의 일거일동을 하나부터 열까지 다 알아야 하고 함께해야 한다. 벽에는 출력한 주간 일기예보와 만성 환자 파악 현황이 붙어 있다. 환자가 생기면 학감 스님께 보고하고 병원에 데려간다. 며칠 전엔 한 도반 스님이 전화하여 "나는 아무래도 혼자 산속에 들어가는 게 좋겠다"고 통고하고 늦도록 돌아오지 않았다. 이런 일은 두통을 일으키지만 챙겨주고 채워주는 것이 천직이라고 느낀다. 3학년 14명 중 9명이 남았지만 잘났든 못났든 끝까지 남은 사람이 자기와의 싸움에서 이기는 거다. 스님은 근기가 있어야 한다. 참고 기다리면 다 이루어진다. 포기만 안 하면 된다.

매주 토요일과 수요일에 하는 축구와 등산도 체력 관리를
위해 강제라면 강제지만 3, 4학년이 되면 자유 선택이다. 상급
반이 되면 하고 싶은 것을 할 수 있다. 때가 되면 누린다. 어차
피 할 거면 철저히 즐겨야 한다. 해인사 강원 생활을 마치면,
정혜 스님은 더 늦기 전에 선방에 들어가리라 계획하고 있다.
결제 때는 선방에 들어가고 해제 때는 염불로 기도를 할 것이
다. 어릴 때부터 부끄럼이 많아서 버스에서 혼자 내린다는 말
을 못했다. 내성적 성향은 여전하지만 남성적인 사찰 문화를
대변하는 해인사에서 제자리에 왔음을 확인하며 법연에 감읍
할 뿐이다.

1996년생으로 사집반에서 가장 나이 어린 10대 정우正佑 스
님은 어리다는 말이 무색할 만큼 의젓하고 명석하다. 초등학
교 때도 장래 희망 직업란에 스님이라고 적을 만큼 남달랐다.
부모님이 불교 동아리에서 만나 모태 신앙이었고 어릴 때부터
함께 절에 다녀서 그만큼 익숙했다. 반 아이들이 놀렸던 장래
희망은 그 뒤론 적지 않고 법학 쪽도 생각해보았다. 지금 생각
하니 공정한 판결로 죄를 밝히고 좋은 사회를 만들려는 법학

이 불교와 아주 다르지는 않았다.

정우 스님은 초등학교 4, 5학년 때 학교에서 운영하는 영재 교육에 통과해 수학과 과학을 따로 배웠다. 국제수학올림피아드에 몇 번 참가하여 상을 받았고 집에선 중국어와 피아노를 시켰다. 중학교엔 수석으로 들어갔다. 입학할 때 학교에 가니 성적순으로 아이들을 자리에 앉혔다. 맨 앞에 앉은 사람과 맨 뒤에 앉은 사람의 마음 차이는? 자괴감을 갖지 않을까. 소년은 학교의 자리 배정에 충격을 받았다. 아이들은 내신에서 0.1점 차이로 등급별로 나뉘었다. 사람의 가치는 점수로 환산해서 매겨졌다. 인성에 문제가 있어도 점수만 좋으면 우대받았다. 학교는 오직 "공부 열심히 하라"는 말로 공장서 기계로 찍어내듯 학식을 양산했다. 아이들의 개성과 장점을 살려서 예체능 쪽을 계발해도 되고 컴퓨터로 나갈 수도 있지만 '점수 올리기'라는 한 방향으로 통일되어 있었다.

아이들도 다를 바 없었다. 사물함에 넣어둔 책이 없어지고 필기한 노트가 너덜거리고……. 교양도 갖추어야 하건만 경쟁심으로 인성이 피폐해갔다. 그들과 똑같이 행동하면 같은 사람이 되니 그럴 수는 없었다. 성적이 떨어지면 그 역시 스트레스를 받았다. 공부라는 짜여진 길로 가다보니 회의가 들었다. 공부가 인생의 전부인가? 왜 공부하는가? 왜라고 물으면서 한 단계씩 이유를 따져보았다. 중학생인 그가 열심히 공부하는 것은 좋은 고등학교에 가기 위해서였다. 정우 스님은 사실 특목고에 가려 했다. 좋은 고등학교는 왜 가나? 좋은 대학에 가기 위해서였다. 좋은 대학은 안정적이고 연봉이 높은 좋은 직장에 가기 위해서였다. 좋은 직장은 좋은 배우자를 만나기 위해서였다. 그 뒤에 뭐가 남나? 가정을 갖고 재산을 모으고…… 평범한 일생의 패턴이었다. 조숙한 소년은 평범한 삶에 흥미를 느끼지 못했다. 학교도 더 이상 다니고 싶지 않았다. 과도한 경쟁이 혐오스러웠고 더 이상 시험을 보고 싶지 않았다. 중학교 2학년생은 출가를 결심했다. 15세 때였다.

다른 아이들이 시험 성적과 왕따로 괴로워할 때 수행자라는 정신의 길을 가기로 일찍이 결정했다면 그의 비범함을 긍정해도 좋으리라. 불자인 부모도 처음엔 이른 출가를 걱정했지만 지지해주었다. 지인을 통해 은사가 될 스님을 찾았다. 지관 스님의 맞상좌인 세민 스님과 연이 닿았다. 염불의 일인자로 알려진 스님이었다.

소년이 연천에서 불사를 하고 있던 세민 스님을 찾아가자 스님은 고등학교 졸업 후 출가하라고 조언했다. 그것이 출가 자격이므로 검정고시를 보는 것으로 절충안을 받아들였다. 중학교도 마저 다니고 졸업하기로 하여 연천 원심원사에서 1년간 중학교를 다녔다. 학교는 멀어서 걷고 버스도 타며 오갔지만 서울처럼 경쟁적이 아니어서 괜찮았다. 절은 법당만 완공된 상태여서 컨테이너에서 생활해야 했다. 연천은 겨울에 영하 30도까지 내려가는 추운 지방이다. 겨울에는 몹시 춥고 여름에는 찜통 같은 컨테이너 생활이 절 생활에 대한 환상을 깨트렸다. 지금 생각하면 은사 스님이 상좌의 근기를 키우려고 일부러 고생시킨 것 같다. 중학교를 마치자 서울 가서 7~8개월 준비하고 검정고시에 합격했다. 2012년 가을 해인사 행자로 들어왔고 다음 해 봄에 강원에 입학했다.

사집반 정우 스님의 가장 큰 관심은 교육이다. 불전 중심의 전통 교육에는 강원이란 이름이 합당하다고 생각하지만 승가대학이라고 부른다면 한문 위주의 공부에서 예능까지 폭을 넓혔으면 좋겠다. 불교에도 음악과 미술이 포함될 텐데 정서교육에 대한 욕구가 있다. 보수적이고 자율적으로 하는 강원 교육은 자칫 나태해질 수 있다고 본다. 시험문제도 심도 있게 다양성이 있으면 좋겠다. 수학여행 때 방문한 교토 하나조노花園대학 시스템은 인상 깊었다. 스님들이 운영하는 대학이지만 일반인들도 다닐 수 있었다. 참선 공간도 있고 전통 사찰과 현대가 접목되어 인재를 양성하고 있었다. 강원에서 일본어를 선택해 배우는 정우 스님은 졸업 후 일본 유학을 꿈꾸고 있다. 검정고시를 했기에 일반 대학에 가보고 싶다. 20~30년 뒤 하나조노 대학처럼 일반 시민도 다닐 수 있는 불교대학을 도심에 건립하는 구상도 해본다. 교수사인 효범 스님도 말했다. 한국 불교는 건물을 지을 것이 아니라 학교를 짓고 인재를 양성해야 한다고. 불교 신도도 줄어가고 있지 않은가. 행자 때 화엄천도법회를 보면서 실감할 수 있었다. 발전이 필요하다. 자신의 행복을 위해 출가했지만 정우 스님은 도움을 주는 일을 하고 싶다.

정우 스님에게 강원 생활의 힘든 점은 수면 부족이다. 한창 성장기인 10대라 잠을 충분히 자야 하지만 새벽 3시부터 시작되는 생활에 잠이 엄청 모자란다. 일요일은 쉬므로 잠을 보충할 수 있을 것 같지만 그날은 그날대로 이 일 저 일로 시간이 흘러간다. 방학 때 서울 은사 스님 절에 가면 좀 쉬고 싶지만 은사 스님은 경전 공부를 계속하기를 바라서 서운할 때가 있다. 사숙 스님에게 배운 『대승기신론大乘起信論』은 좋았다. 잠 부족과 아직 서투른 것이 많아서 야단도 맞지만 습의를 배우면서 과정이라고 생각한다.

홍수에 떠내려가면서도 잠을 잔다니 수마라 하고, 수행에서도 가장 경계할 것이 잠이라지만 청년기를 앞둔 학인 스님의 잠 부족이 안쓰러워 속세 사람은 묻고 싶었다. 잠도 모자라면서 그렇게 서둘러 출가하셨느냐고. 그것도 전생의 연인가 하고. 정우 스님은 과학적 사고를 하는 신세대답게 고개를 갸웃했지만 덤덤하게 답한다.

"아직은 딱히 전생을 믿는다고 할 수 없지만 전생이 있다면 늦게 출가한 노승이었던 것 같아요. 그것이 한이 돼서 서둘러 출가한 것 같아요."

필연에 대한 현답이 아닌가. 가지런한 눈썹은 봄 풀밭 같건만 말은 산문의 노승 같다. 사집반의 아버지뻘 도반이 "우리가 꼼짝 못해요" 하더니 비슷한 연배의 용운 스님도 인정한다.

"법의 진리 세계에 들어가는 문은 하나다. 나이도 학벌도 아무 상관이 없다. 정우 스님은 나이가 어려도 뒤처지지 않는다."

광원廣願 스님은 대학과 대학원에서 사회복지를 전공하고 사회복지사로 근무한 적도 있다. 건강이 좋지 않아 그만두고 정토회에 다니며 명상했다. 아는 보살님이 다른 수행을 해보지 않겠느냐고 위파사나 수행을 권했다. 마음이 끌려 천안 호두 마을의 일주일 프로그램에 등록했다. 행복했고 수행에 관심을 갖게 됐다. 티베트 치유 명상을 하고 한국명상원에도 6개월가량 다녔다.

내면에 변화가 왔다. 전에는 가지고 채워야 행복이라 생각했으나 수행을 통해 삶 자체가 나누고 비우는 것임을 알았다. 위파사나에 더 깊이 들어가고자 미얀마에 갈 생각을 했다. 정보를 얻는 과정에서 홍원사의 성오 스님을 찾아가게 되었다. 만나고 보니 전에 천안서 지도받은 적이 있었다. 좋았다는 느낌은 있었다. 얘기를 나누다가 성오 스님은 출가를 권했다. 수행자의 성향을 알아본 것이다. 2층 법당에 앉아 좌선하고 있으니 눈물이 났다. 상에 집착하지 말고 위파사나, 티베트, 대승불교를 두루 알아야겠다고 생각했다. 내려가서 인사하고 가려는데 갑자기 비가 왔다. 성오 스님이 우산을 챙겨주시길래 "돌려주러 와야겠네요" 했다. 그때 이미 결정했다. 일주일 뒤 와서 출가 결정을 알렸다. 운명 같은 만남이었다.

　부모님은 지지하고 격려해주었다. 어머니는 신도회장이었고 불교 유치원에 다녔던 광원 스님은 어려서부터 출가 생각을 했다. 출가를 결정하고 나니 진정으로 가야 할 길이었다. 은사가 된 성오 스님께 먼저 미얀마로 멀리 가서 5개월 수행하고 돌아오겠다고 허락을 구했다. 2012년 9월 미얀마로 갔다. 새벽 4시부터 저녁 9시까지 좌선과 행선을 번갈아 하고 이틀에 한 번씩 인터뷰를 했다. 아무도 가보지 않은 수행의 길이라 잘 가고 있는지 보고하고 점검했다. 한국 통역사가 있어서 소통에 문제가 없었다. 오후 불식에 몸무게 16킬로그램이 빠졌지만 자신의 수행 과정을 스스로 알 수 있어서 좋았다.

　30대의 마지막 해인 2013년 2월 해인사 행자로 들어와 9월에 사미계를 받고 해인사 강원에 입학했다. 누구나 그렇겠지만 처음엔 대중 생활에 적응하기 힘들었다. 습을 익히고 기초를 다지는데, 혼자가 익숙해서 어울리지 못했다. 팔만대장경 보존국장이었던 사숙 성안 스님이 일상생활이 수행이라고 격려해주었다. 좌선할 때는 혼자 마음을 보지만 대중 속에선 외부적 자극에 의해 일어나고 사라지는 감정의 파도를 볼 수 있었다.

상相이 있었다. 상을 내려놓으니 좋은 수행을 하고 있음을 알았다. 수행은 이제야 했다. 동주 큰스님 말씀이 옳았다. 행자도 강원도 기본을 배우려면 큰절에 가야 한다고 강조하셨다.

경전 속에서 부처님 말씀을 확인하는 강원 공부도 즐겁다. 가진 것이 내 물건이라 생각했지만 진정한 내 것이 없다는 걸 알았다. 간경 시간에 『금강경』 5장의 "약견제상비상若見諸相非相 즉견여래卽見如來" 구절을 외우는데 환희심에 눈물이 났다. "오늘도 살아 있습니다." 법공양도 광원 스님이 기다리는 시간이다. 학인 스님들이 맨 먼저 들어가 제자리에 착석하여 10여 분 대기하는데, 여느 수행처에 있는 것보다 더 고요하다. 숨소리 하나 들리지 않을 정도로 적막하다. 이 대고요 자체가 선정禪定의 상태다.

출가 이후 존재 자체가 행복하다. 그러나 나 혼자 행복한 것이 진정한 행복일까. 무상정득에 오르셔도 중생이 있기에 스스로와 불법이 존재함을 부처님도 알고 있었다. 광원 스님의 목표는 아라한과阿羅漢果(득도)가 아니다. 부처님의 좋은 법을 전하여 모든 존재가 자신처럼 행복하도록 하는 것이다. 젊은 날부터 스카우트 봉사를 해온 부모님은 늘 말했다. 자신이 소중

한 만큼 더불어 잘 살아야 한다고. 사회복지관 관장이었던 아
버지의 영향으로 사회복지를 전공했지만 부처님의 법을 전하
는 것도 같은 맥락이다. 더 큰 사회복지를 하고 있다. 광원 스
님은 어릴 때부터 병원 출입이 잦았다. 다리가 부러져 6개월간
입원하여 부모님께 염려를 끼쳐드리기도 했다. 육체적으로 힘
들어 고통 받은 일들이 돌아보면 이 길을 가기 위한 준비 기간
이었던 것 같다.

○○ 스님은 매일 자기 전 티베트 자애관 수행을 한다. 살아
있는 모든 존재○○이 건강하고 행복하기를. 좌복坐服 위에 앉아
좌선하는 시간이 광원 스님○게 가장 행복한 시간이다. 그 고
요한 평정의 모습은 틈만 나면 좌○하고 있었다는 부르나 존
자를 떠올리게 한다. 먼먼 전생에 부처님○○였는지 모른다.
사집반 도반이면서 연장자인 현각 스님은 놀라워한○.

"한 번도 흐트러진 모습을 본 적이 없어요. 차담茶啖이 ○나
면 마지막까지 남아 정리하고, 말로가 아닌 행동으로 탁마를
보여줘요."

정우 스님처럼 신록의 나무도 아니면서 잠이 모자라 아침
예불을 빠트렸다. 늦게나마 법당에 가서 절을 하고 좌복 위에

앉아 있다가 몸을 돌려 관음전을 바라보았다. 가파른 층계 아래 비로탑과 석등이 있는 마당은 비어 있고, 관음전 마루 앞의 미닫이문 창호지로 불빛이 비친다. 새벽 2시 50분부터 하급반 학인 스님들이 쉬지 않고 움직이니 지금도 저 안에선 무언가 준비되고 있으리라. 생각과 때맞추어 갑자기 게송을 합창하는 소리가 도량에 울려 퍼졌다. 예불 때보다 더 큰 울림이었고 대중의 바리톤 음색이 장중했다.

청정법신 비로자나불 원만보신 노사나불.
천백억화신 석가모니불 당래하생 미륵존불.

발우 공양 게송이었다. 하안거라 선원, 율원까지 합쳐 90여 명의 스님들이 대방에서 공양 전 반배하며 발우를 전하고 있을 것이다. 아름답다. 법당으로 울려오는 힘찬 게송을 들으며 해인사를 보호하듯 에워싸고 있는 산릉선을 바라보노라니 여기가 천국이 아닌가. 전각 지붕마루 끝에 용머리 치미가 얹혀 있는데 여의주를 입에 문 채 무릉도원처럼 솟아 있는 산봉우리를 바라본다. 선들한 새벽 바람에 차랑한 풍경 소리가 울리고 까악까악 까마귀가 짖으며 법당 위로 날아간다. 지구 어느 곳에서 아침의 양식을 들면서 이토록 장엄하게 경배한단 말인가. 벌써 여름 한가운데로 들어서니 얼마 뒤 해인사 용맹정진이 시작되겠지. 해제하기 보름 전부터 일주일간 잠 안 자고 참선하는 용맹전진을 위해서 강원 규율이 행해진다고 한다.

45분 좌선을 하고 15분간 휴식. 일어날 때도 자리에서 3번 도는데 나머지 시간에 볼일을 보고 돌아와야 한다. 강원 하급반은 가장 늦게 나가므로 잘못 먹어서 설사라도 한다면 시간이 늦어진다. 2번 늦어지면 선방서 퇴방당하고 강원에서도 퇴방당한다. 추상같은 규율이라 스님에 따라 밤 11시에 나오는 죽 공양을 소량만 취한다. 전시처럼 초긴장해야 하고 졸음 때문에 고통스럽지만 극기 후에 자신감을 얻을 것이다. 전해 치문반 때 참가했던 현각 스님은 "힘들었지만 어떤 방향으로 가는 이정표를 보여주는 것 같다. 수행자라면 이렇게 살아야 하는구나 깨달았다"고 말한다. 올여름에도 해인총림의 꽃이 무더위 속에서 만개할 것이다. 해인사 강원의 하안거에 와서 한국 불교의 미래를 보았다.

오늘이 금요일이니 깨죽을 먹는 날이다. 깨죽을 먹고 싶다.

시중에서 먹고 싶다는 말이 아니다. 대방의 삼엄한 고요 속에서 경건하게 의식을 치르고 지상의 양식을 금처럼 발우에 받아 들고 싶다.

한 학인 스님은 경책을 내리는 스님도, 받는 스님도 다 합장한다는 말을 들려주면서 "그만한 복을 짓지 않으면 누릴 수 없다"고 했다. 하물며 법공양이야. 앞으로 남은 날이라도 부지런히 복을 지어 다음 생에는 가사 장삼 수(垂)하고 해인사 대방에서 깨죽 받기를 발원하자. ✤

자연이 절이다

몽골 유목민들

푸른 하늘 아래 흰 탑만 의연히 서 있었다
사람의 발길이 거의 닿지 않는 이 고원에 탑이 오롯이 서 있다니
하늘 아래 경배하리라

자연이 절이다

—몽골 유목민들

울란바토르는 '붉은 영웅'이라는 뜻이라고 한다. '토'라는 거 센소리가 들어가서인지 내게는 지명이 그 뜻처럼 혁명의 바람을 품고 있는 듯하다. 칠레의 시인 파블로 네루다는 "울란바토르에 가보았다는 것만으로도 굉장한 일이었다. 특히 나처럼 아름다운 지명에서 살기를 좋아하는 사람에게는 대단한 일이었다"고 자서전에 썼다. 네루다가 울란바토르에 간 것이 1950년 대라고 기억한다. 소련식 건물이 세워지던 사회주의 정권 시절인데 그때도 울란바토르가 아름다웠을까. "아름다운 지명"이라는 시인의 환상을 깨트리지 않을 정도로?

가이드북에도 소개된 대로 몽골은 1991년 소련의 붕괴로 공화국이 되기 전까지 20세기 내내 외부 세계와 단절돼 있었다. 나 같은 한국인에겐 어릴 때부터 들어온 몽고반점, 몽고간장

등의 이름으로 몽골이 기억에 새겨져 있다. 한국 아기들은 엉덩이에 푸른 반점을 가지고 태어난다. 대부분의 동아시아인과 미국 원주민들, 폴리네시아인 등이 같은 현상을 가지고 있다는데, 몽골계 인종이 지닌 특징이라 한다. 황색 인종을 왜 몽골로이드Mongoloid라고 부르는 걸까.

유년의 기억으로 몽골이란 이름이 내 무의식에 끈처럼 연결되었나 보다. 한몽 수교 뒤로 몽골이란 이름을 들으면 머리가 상상으로 부풀었다. 2002년에 몽골서 흉노 고분군을 발굴했던 고고학도는 몽골에 오라고 나를 불렀다. 정말 좋은 기회였으나 사정이 생겨서 기회를 놓아야 했다. 그때 언젠가 꼭 몽골을 가리라 했는데 이제야 여기 첫발을 디뎠다. 고려와 원나라의 관계에 관심을 가지다가 한국문화예술위원회의 해외 레지던스 프로그램에 신청하여 지원을 받았다.

내가 울란바토르에 와서 처음 본 것은 대부분의 여행자들처럼 칭기즈 칸 동상이 있는 수흐바타르Suhbator 광장이고 다음은 간단 사원이다. 수도 울란바토르의 옛 이름이 큰 사원이란 뜻의 '니쓰렐Niislel 후레Khuree'라니 불교 국이었던 몽골에서 사원은 교육·문화를 포함한 국민들 삶의 중심이었던 것 같다.

국영 백화점에서 한 정류장만 걸어가면 오른편 위쪽으로 간단사 가는 길이 나오니 역시 도시의 중심에 속한다. 인도가 있는 양쪽 건물은 낮고 수수하며, 도로 한가운데 화단이 있어 절로 가는 길답게 여유로웠다. 눈에 다가서는 초록 기와지붕은 내림마루의 팔작지붕인데 몽골과 불교권의 아시아에서 쉽게 볼 수 있는 건축 형태라 친근감을 가지게 했다.

비둘기 떼를 뚫고 관광지처럼 상주하는 사진사 옆을 스쳐가니 양편으로 낯익은 몽골 스투파가 서 있었다. 중심에 있는 관음전의 흰 건물로 들어서니 많은 신도들과 거대한 관음상이 시선을 사로잡았다. 4개의 팔을 가진 관음대불은 티베트계 불상으로 26미터의 대작은 불자들의 시주로 현대에 만들어졌다. 긴 염주를 걸친 관음의 손에 비둘기가 앉아 있어 목이 빠져라 올려다보니 위에서 라마들의 만트라가 음악처럼 희미하게 들려왔다. 수미단의 촛대에선 불꽃들이 타오르고 한 신도는 현 달라이 라마 청년기 사진이 놓인 왼편 불단에 이마를 대고 경배했다. 사람들을 따라 나도 마니를 돌리며 법당 뒤로 가니 벽면의 유리 장식장 안에 수많은 라마상이 층층이 모셔져 있었다. 한국 절에서는 오백나한상을 볼 수 있지만 갖가지 색깔의

가운을 걸치고 좌정한 채 벽면에 들어찬 라마상들은 현란하고 이국적이었다.

신도들은 여기저기서 기도를 올리는데, 법당 안 어디든 이마를 대고 기도하는 모습은 인상적이었다. 시줏돈도 놓고 싶은 곳에 올려놓았다. 간단 사원의 직원인 듯한 두 사람은 다니며 단에 놓인 시줏돈을 거두어들였다. 한국 절과 분위기가 달라 천천히 둘러보다가 입구 쪽으로 나서니 시끄러웠다. 여직원이 추레한 행색의 한 여자를 문밖으로 밀쳐내고 있었다. 중년 여자는 쫓겨나면서도 계속 소리치고 남자 직원에게 다가가 사납게 발길질했다.

추측건대 여자는 법당 여기저기 놓인 시줏돈을 훔친 것 같았다. 그래서 직원들이 돈을 거두어들인 거다. 관음전 앞을 오가며 주먹 쥔 팔을 내뻗고 미친 듯이 떠드는 여자의 모습은 자못 당당했다. "자비로운 관세음보살은 가난한 내가 당신의 시줏돈을 가져가길 원해"라고 말하는 것일까. 맹렬한 주먹질은 내가 어릴 때 시골 머스마들이 곧잘 하던 욕이었다. 오래전 잊고 있었던…….

모두가 그 광경을 지켜보는데, 한 젊은 여성이 관음상을 향해 두 손 모아 극진히 기도하고 있었다. 기도는 너무나 간절하여 관음 아니라 악마라도 귀 기울여 들어줄 것 같았다. 먼지까지도 정화시킬 것 같은 여자의 기도는 옆에 있는 것만으로도 나를 감화시켰다. 종교 그 자체 같은 진실의 힘이었다. 관음전 문을 경계로 동시에 펼쳐지는 성과 속의 그림. 간단 사원에서도 인생이 벌어지고 있었다.

내가 읽은 불교사에 의하면 몽골 땅에는 기원전 3세기경 불교가 들어왔다. 원나라를 세운 쿠빌라이 때 티베트 불교가 본격적으로 유입됐지만 칭기즈 칸의 아들 우구데이 칸이 수도를 세우고 쿠빌라이 칸이 수도를 대도(북경)로 옮기기 전까지 40여 년간 번성했던 카라코룸Karakorum 유적에서도 불상들이 발굴되었다. 같은 유목민인 티베트의 불교와 몽골 고유의 샤머니즘이 융합되어 발전한 라마 불교는 16세기 말부터 20세기 초까지 전성기를 이루었다.

종교도 역사의 바퀴를 되돌리지는 못했다. 20세기 스탈린 정권에 의해 사회주의로 변모한 몽골인민공화국은 1937년에서 1939년 사이에 "인민의 아편"으로서 라마 불교를 극심하게 탄압했다. 이때 770여 개의 사원이 10여 개로 줄었고, 체포되고 총살된 승려가 3만여 명에 달했다.

이데올로기의 독이 너무 강했을까. 현재 250여 개 이상의 사원이 재건되고 승려도 늘면서 불교가 되살아난다지만 간단 사원서 본 독경하는 라마들의 모습은 산만했다. 예경 시간에 신도들이 참관하여 라마에게 직접 시주하는데, 두리번거리고 한눈파는 라마에게 수도자의 맑은 기상은 느낄 수 없었다. 도시라는 환경이 수도자를 세속화시키는 걸까. 한 달 뒤 카라코룸의 에르덴 조Erdeni Zuu 사원에서 참관한 예불도 산만하기는 마찬가지였다.

울란바토르에 온 지 일주일이 되자 박물관도 거의 돌아보고 흥미도 떨어지기 시작했다. 통역 안내를 맡은 코디네이터에게 이틀간 키릴 문자를 배웠지만 가르치는 일에 관심을 보이지 않아 진도는 더 나가지 않았다. 여기서 무엇을 할 것인가. 노래를 좋아한다면 내 방 창으로도 보이는 가라오케에 가련만 한국에서도 내 발로 노래방에 간 적이 없다. 울란바토르에 와서 제일 많이 본 것은 한 건물 긴니 붙어 있는 'KARAOKE' 상호. 수많은 가라오케를 헤아리면 울란바토르는 한국 도시들을 당당히 제치고 세계에서 가장 많은 가라오케 왕국으로 기네스북에 오를 것 같다.

나는 초원이나 고비 사막으로 여행을 떠나야 했다. 새해 초부터 일에 떠밀려 몽골에 관한 정보도 거의 없이 『론리플래닛』만 달랑 들고 왔다. 여기 와서 들은 여행 방법은 간단했다. 세계 여행자들이 많이 가는 중심가의 게스트하우스에 가서 투어에 끼라는 것. 그렇게 하여 드디어 일주일간 고비 사막 투어에 다녀올 수 있었다.

태어나서 처음으로 갑옷처럼 가시를 두른 고슴도치를 보았다. 미어캣처럼 두 발을 들고 서서 망을 보는 작은 동물도 보았다. 쥐보다 크고 토끼보다는 작은 녀석도 신기했다. 혹이 2개인 낙타도 타보고 밤마다 은하수 아래서 떨어지는 별똥별을 헤아리고, 새벽에 일어나 게르ger 밖으로 나서면 아무도 없는 텅 빈 사막이 원초의 땅처럼 펼쳐지는 감동을 맛보았다. 고비에서 이 모든 것을 보고 울란바토르로 돌아오니 아파트와 매연이 가득한 도시가 괴물 같았다. 다시 떠나야 하는 것은 확실했다. 전에 한 강연에서 말한 적이 있다. 내가 여행을 하는 것은 깨닫기 위해서라고.

하루는 시내에 나갔다가 아무 생각 없이 은 귀고리를 사고

카페 암스테르담에서 이탈리안 파니니를 먹었다. 가벼운 점심을 먹으려고 경양식 카페에 왔지만 약간 짠 듯한 빵 속의 치즈가 가볍지 않았다. 8월의 햇살은 따가웠고 내 앞의 식탁에 앉은 중년의 서양 여자는 담배를 피웠다. 담배 연기를 맡으니 나도 피우고 싶었지만 담배가 없었다. 주스를 주문하고 무심히 맞은편 거리를 보니 'Seoul hair salon', 'It's skin', 'Caffe Ti-amo' 같은 상호들이 시야에 들어왔다.

울란바토르도 서울처럼 국적 불명의 도시다. 하긴 중심가에 이국적인 복장의 마르코 폴로 동상이 한 손에 책을 들고 서 있으니 쿠빌라이 칸 시대의 국제도시를 재현하고자 하는지도 모른다. 카페 암스테르담의 2층 테라스에서 거리의 인파를 바라보니 한 남자가 두 손으로 무언가 받쳐 들고 걸어갔다. 양탄자 같은 받침 위에 동상 모형이 놓여 있는데 칭기즈 칸! 2만 원부터 500원까지 지폐에 박혀 있는 칭기즈 칸 초상. 칭기즈 칸 모형을 내려다보는 나를 발견하고 남자는 사진을 찍으라는 듯 번쩍 올려 들었다. 몽골의 태양이 눈앞에 있으니 여기는 분명 몽골이야. 감사의 뜻으로 고개를 끄덕이니 은 귀고리가 흔들리면서 머리까지 흔들렸다. 이 가벼운 흔들림, 그것은 내가 의도한

대로 살아 있다는 생동감이 아니라 머릿속이 빈 듯한 공동空洞의 울림이었다. 영혼이 마르는 소리였다. 영혼이 마르는 것 같다고 생각하니 이 무미한 도시를 어서 떠나 동방박사처럼 빛을 찾아 나서고 싶었다.

문득 '게르 투 게르'가 생각났다. 세 달간 머물 나라로 떠나면서 나는 비행기 안에서야 가이드북을 처음으로 펼쳤다. 앞부분을 들춰보다가 '게르 투 게르'란 활자와 박스 기사에 눈이 갔다. "혁신적인 개념의 게르 체험 프로그램"이라는 첫 문장으로 시작되는 기사를. 유목민의 집에 거주하며 몽골 문화의 진수를 느낄 수 있는 기회를 선사한다고. 이렇게 하여 '게르 투 게르'는 돌파구가 되었다.

울란바토르에서 버스를 타고 5시간 뒤 샹사르에 도착, '게르 투 게르'서 보내준 차로 길 아닌 초원으로 들어서니 이제야 제 길로 가는구나 하는 생각에 가슴이 트였다. 30~40분 울퉁불퉁 흔들리며 달리다가 군데군데 몇 채의 게르를 지나자 낡은 차는 초록 지붕의 목조 가옥 앞에 멈추어 섰다. 유목민은 다 게르서 사는 줄 알았더니 뜻밖이었다. 부속 건물 같은 작은 게르 한 채가 가까이 있기는 했다. 게르가 있는 동편으로는 둔덕같이 낮은 야산이 솟아 있고 반대쪽으로는 야트막한 흙산이 초원을 감싸고 있었다. 집 뒤로 멀리 한 채의 게르와 마굿간이 있을 뿐 이 집 앞으론 아무것도 보이지 않아 더 이상 민가도 길도 없을 듯했다.

안경을 쓴 여주인이 손님을 맞는데 건강하고 활달해 보이는 모습이 유목민이라기보다 한국 아파트의 이웃처럼 세련되고 친숙한 인상이었다. 문으로 실내에 들어서니 주황색 바탕에 문양이 있는 유목민들의 전형적인 반닫이가 한가운데에 놓여 있고 그 위에 불단을 만들어 불상과 탕가 엽서들을 유리 액자 속에 넣어두었다. 옆의 반닫이 위엔 거울과 약간의 화장품, 딸인 듯한 젊은 여성의 독사진이 놓여 있었다. 한국의 의대에 유학 중인 예비 의사라고 했다. 결혼한 맏딸과 직장 다니는 아들은 울란바토르에 살고 예쁜 막내딸도 부모 곁을 떠나 있었다. 가구 위에 불단과 가족사진이 놓인 광경은 고비 사막에서 본 유목민의 게르 내부와 다를 바 없었다.

나는 게르가 아니라 거실 겸 방인 이곳에 머물렀다. 부엌엔 할머니가 침상을 놓고 살았다. 처음엔 전통 게르가 아니라 실망했지만 한편 창이 있는 밝은 실내와 의자, 탁자가 있는 집에 머물게 된 것이 다행스러웠다. 게르는 천장이 뚫려 있지만 창이 없어 아무래도 어둡고 갑갑하다. 게르엔 당연히 책상도 없다. 누구든 익숙한 것을 선호하는 법이다.

집 앞에 태양열 장치가 되어 있어 이 집도 휴대전화를 충전하고, 날이 저물자 희미한 불이나마 전등을 켰다. 오지에 사는 유목민들도 태양열을 이용해 텔레비전을 보며 세상과 소통하고 정보를 얻을 수 있다니 다행이다. 책을 보기엔 어두워 울란바토르서 사온 손전등을 켜고 몽골에 관한 책을 들춰보고 있으니 바깥주인인 남편 작드더르즈 씨가 돌아왔다. 마르고 키가 큰 작드더르즈 씨는 순박하고 선량해 보여서 한눈에 호감이 갔다. 그는 손님에게 반가움을 표하느라 몽골어로 말을 걸며 유목민의 비상식량인 튀긴 빵을 수테차에 적셔 먹었다. 그것이 저녁식사였다. 먹어야 할 것만 먹는 군더더기 없는 소박한 식사를 보니 상이 미어져라 차려 놓고 버리는 한정식의 낭비가 반생태적이라는 생각이 들었다. 양 한 마리와 밀가루 한 포대면 네 식구가 몇 달을 산다는 유목민들. 어슴푸레한 빛 아래서 하루의 양식에 감사하며 식사하는 그의 모습이 성실하게 살아온 자의 초상 같았다.

아침에 일어나니 6시 40분. 문밖으로 나가 소 떼가 있는 곳으로 가니 어느새 부부가 나와서 소젖을 짜고 있었다. 낡은 델 Deel을 작업복으로 입고 소젖을 짜는데, 내가 해보려 하니 자리를 내주었다. 낮은 의자에 앉아 소 젖꼭지를 찾아 엄지와 검지로 잡으니 미지근한 살의 촉감이 낯설었다. 소젖 짜는 일은 생각보다 힘들었다. 두 손가락으로 능숙하게 젖을 훑어 내리면 우유가 나오지만 서툴러 손가락에 힘을 주니 젖이 잘 나오지 않았다. 5분 정도 시도했던가. 그것도 일이라고 팔이 아팠고 인내심 없는 도시인은 일어설 수밖에 없었다.

물총으로 쏘는 것같이 나오는 우유가 양동이에 차면 안주인 찬드수랭은 양동이 2개를 들고 집으로 가 부엌 화로에 불을 땐다. 화로 옆에는 늘 말린 소똥이 쌓여 있었다. 소는 모든 것을 내준다더니 소똥도 연료가 된다. 온 초원에 소똥 무더기가 널려 있지만 소똥을 말리는 것도 일이라 저녁엔 안주인과 함께 말린 소똥을 부엌에 갖다 놓았다.

화로에 놓인 큰 팬 안에서 우유가 끓어오르니 수랭이 국자로 떠서 다시 쏟아붓고 뜨고 붓는 작업을 반복했다. 거실 한쪽에 몇 개의 양동이가 한데 놓여 있는데, 으름은 우유를 끓이면 위에 노랗게 뜨는 기름을 걷은 것으로 일종의 버터다. 타락(요구르트)은 발효된 우유가 덩어리진 것으로 우유를 끓일 때 한 국자씩 넣어 적당한 온도로 데우면서 다시 덩어리지게 하여 주머니에 쏟아붓는다. 하루 정도 걸어 놓으면 물이 완전히 빠지면서 덩어리가 되고 그것을 다시 무거운 나무로 눌러 반나절 뒤 꺼내면 뱌슬락이라고 불리는 무가염의 천연 치즈가 된다. 고비 투어를 할 때 달란자가드 시장에서 유목민이 만든 염소치즈를 먹은 적이 있다. 소금조차 넣지 않아 심심했으나 치장된 가공품에 길든 혀에도 천연의 맛이 오롯이 감겨왔다.

수랭은 아침에 끓인 첫 우유를 붓다의 불단에 올렸다. 두 손 모아 경배하고 이어 국자에 우유를 담아 밖으로 나갔다. 아침 해를 향해 초원에 서더니 선서하듯 왼손을 올려 들고 입속말로 기도를 시작했다. 천지에 무사를 비는 기도이리라. 하늘의 천신 텡게르, 대지의 지모신 에트겡에흐께 하루도 빠짐없이 구하는 자비와 축복, 오늘은 맑으나 내일은 천둥이 칠지도 모르는데 사랑하는 가족과 가축들을 보살펴 주십사고.

기도가 끝나자 오른손에 들고 있던 국자의 우유를 허공에 뿌렸다. 신성한 우유를 바치며 만물을 달래는 것이다. 몽골 인의 샤머니즘은 자연에 대한 경배라 자연이 곧 절이었다. 길을 가다가 외딴곳에 세워진 푸른 천이 감긴 오보oboo는 이정표 역할도 하는데, 그 아래 쌓인 돌무더기는 모두의 염원이 담겨 있어 십자가나 어떤 종교의 표식보다 감동을 주었다.

수랭은 점심으로 보즈(찐만두)를 만든다고 부엌에서 할머니와 반죽을 밀었다. 송편을 만들 때 반죽을 떼어내듯 적당한 양을 칼로 잘라 손으로 폈다. 그 안에 다진 양고기를 넣어 만두를 빚는데 모양이 예뻤다. 살림꾼들은 모든 걸 잘한다. 수랭이 나보고도 만두를 빚으라 했지만 휴대전화로 사진만 찍었다. 만두 빚는 손을 찍다가 나는 수랭의 손을 잡고 손가락을 펴보았다. 손마디는 울퉁불퉁하고 손가락도 휘어 있었다. 관절염 같았다. "도우터, 메디신" 하는 걸 보니 딸이 약을 보내준다는 말이었다.

다음 날 수랭은 나를 샘에 데려갔다. "베이비 카우"에게 가자길래 함께 빈 물통을 들고 나섰다. 20여 분 따라가니 나무가 있는 숲에 송아지들이 모여 있고, 작은 건물도 나왔다. 그 속에 들어가니 우물이었다. 정부에서 만들어준 지하수인 듯했다. 물이 있으면 어디서든 산다. 수랭은 두레박으로 우물물을 길어 밖으로 난 수통에 물을 쏟아부었다. 송아지들이 모여들어 물을 마시니, 동물에게 물을 먹이는 장치였다. 수랭은 빈 물통 2개에 물을 담아 두 손에 들고 하나는 나와 함께 들자고 내밀었다. 왼편에 선 나는 오른팔로 거들었는데 아픈 팔이었다. 몽골 오기 전 팔이 아파서 엠아르아이MRI를 찍으니 목 디스크가 진행 중이었고 어깨에 약간의 손상이 있었다.

종일 일하는 사람에게 차마 아프다는 말을 할 수 없고 도와주는 것도 맞다. 그런데 닛산 지프차와 오토바이가 있는데 손가락 관절염이 있는 사람이 왜 이걸 들고 가지? '머신machine'이란 단어를 환기시키다가 잠시 쉬고 있는데 멀리서 오토바이가 우리 쪽으로 다가왔다. 작드더르즈 씨였다. 나는 반색하고 두 사람을 물통과 함께 보낸 뒤 빈손으로 천천히 집을 향해 걸어갔다. 유목민이야말로 문명의 혜택을 누려야 한다. 차가 필요한 사람은 도시인이 아니라 길 없는 초원에 길을 내는 개척자 유목민이다. 몽골의 모든 유목민이 차를 가졌으면 좋겠다. 버려진 초원에 게르를 세워 인간의 온기를 심고, 외딴 유목 생활과 몽골의 정체성을 지키는 대가로 세상의 편리를 누렸으면 좋겠다.

여기 머무는 일주일 동안 샤워를 포기하고 있었지만 사흘째에 머리를 감으니 횡재한 기분이었다. 수랭이 머리를 감으라고 이날 길어온 물을 대야에 붓고 샴푸를 주었다. 나도 물을 길어오는 데 일조했으니 물을 쓰는 호사를 해도 되겠다. 수랭은 머리를 감고 남은 물로 빨래도 했다. 더위에 머리라도 감으니 날아갈 것 같았다. 어제처럼 저녁을 사양하고 밖으로 나서니 소 떼들 가운데서 안주인이 오락가락하는 모습이 보였다.

다가가니 묶어둔 송아지를 풀어서 어미젖을 먹이고 젖이 돌면 다시 묶어 두곤 젖을 짰다. 처음엔 아침에만 소젖을 짜는 줄 알았지만 해질 무렵에도 작업하고 하루 2번은 우유를 받았다. 여자는 젊은 날부터 천직인 듯 소젖을 짜며 손가락이 휘는 관절염을 얻었으리라. 남편 작드더르즈 씨는 가까이서 소똥을 긁어모으고 있었다. 마른 똥은 가볍지만 무더기로 싸 놓은 젖은 소똥은 나무 삽으로 들기에도 무거웠다.

그들을 보니 유목민에게 부부란 하늘이 정해준 배필이라는 생각이 들었다. 변화무쌍한 대자연에 순응하며 자식과 동물을 기르고 고락을 함께하니 하늘의 명이 아니겠는가. 어스름이 깔리는 초원에서 초로의 여인이 사명인 듯 소젖 짜는 광경은 밀레의 〈만종〉에 그려진 기도하는 농부보다 더 성스러웠다.

9월에도 낮엔 무덥지만 밤이 되면 열린 창으로 바람이 몰려오는 소리가 들려왔다. 겨울이 다가오는 소리인지 모른다. 8월에도 눈이 내린 곳이 있다던데. 일찍 자리에 들었으나 잠이 오지 않았다. 살그머니 문밖으로 나서니 밤하늘에 별들의 향연이 벌어지고 있었다. 낮에는 태양에게 겸손하게 자리를 내주었지만 만물이 꿈꾸는 밤은 그들의 차지였다. 외우고 외워도 소용없는 별자리는 더 이상 찾지 않고 나는 홀로 밤의 세계에 초대된 듯 황홀하게 은하수를 들이마셨다. 자신의 소우주에 자족하여 몽골의 밤하늘을 누비지 못한 사람들을 가엽게 여기리라.

새벽에 한차례 비바람이 몰아치더니 아침엔 날이 개었다. 하늘은 흐리고 기온이 갑자기 떨어져 벌판엔 서리가 내렸다. 비에 떨었는지 송아지가 유난히 울었다. 수랭은 델을 껴입고 한결같이 소젖을 짜고 있었다. 나는 다가가 소젖을 짜려고 다시 시도했다. 소 뒷다리 가까이 의자를 당겨 앉아 늘어진 젖꼭지를 두 손가락으로 짜려니 소가 자꾸 자세를 바꾸었다. 나도

의자를 당겨 앉거나 비켜나야 했고 손이 이내 시려왔다. 한 손을 주머니에 넣은 채 왼손으로 소젖을 짜자 더 힘이 들었다. 나의 서투름에 초짜임을 알아차렸는지 소가 갑자기 걸음을 떼더니 천연스럽게 바닥에 앉았다. "노 밀크." 겸연쩍어 하는 내게 수랭은 소젖이 더 이상 없는 거라고 무마시켰다. 노동에 관한 한 나는 밀크 한 방울도 보탤 수 없는 무용한 사람임을 자인했다.

다음 날 우리는 나무를 가지러 야산에 갔다. 먼 길은 아니지만 차를 타고 가니 작드더르즈 씨가 미리 와서 모아 놓은 땔감이 쌓여 있었다. 유목민의 생활은 게르부터 친환경적이다. 자연에서도 버릴 것이 없었다. 소똥도 잔가지도 모두 연료로 쓴다. 차 뒤 칸에 나무를 던져 넣고 나도 땔감을 주워 모았다. '게르 투 게르'에선 외국인들이 유목민 생활을 알도록 함께 일하라거나 다른 유목민 집을 방문할 때 데려가도록 요청하는 듯했다. 수랭은 내게 염소와 양 떼를 멀리 데려가라고 츄, 츄 소리 내며 막대기로 모는 방법도 가르쳐주고 전날은 유목민의 게르 두 곳에 데려갔다.

거기서 처음으로 발효된 말 젖 아이락aikag을 마셨다. 알코올 도수가 있어 마시는 시늉만 하려 했으나 유목민이 권하면

202

거절하지 말라고 교육받았다. 약간 시큼하지만 생각보다 맛이 좋았다. 두 살짜리 아이는 아버지가 주는 아이락 한 사발을 단숨에 마셨다. 몸에 좋은 온갖 천연 유제품을 먹으니 유목민 아이들은 거의가 우량하고 몽골 여자들도 체격이 좋다. 다른 게르에선 마침 찌고 있던 양 머리도 대접받았다. 양고기 중에서도 머리는 최고의 대접이라고 했다. 나는 주인이 준 손칼로 유목민이 하는 대로 삶은 양고기를 발라냈다. 어제는 목마른 양에게 물을 갖다 주고 콧등을 쓰다듬은 손으로, 내가 양이라도 어쩔 수 없다.

오후가 되니 날씨가 조금 풀렸다. 점심은 수테차에 빵을 적셔 간단히 먹었는데 부지런한 수랭은 어느새 효쇼르(튀긴 만두)를 빚어 3시경 간식으로 주었다. 해질 무렵엔 나를 차에 태우고 양을 몰러 간 남편을 찾아가자고 했다. 차로 10여 분도 못 가서 수백 마리의 양과 염소 떼를 만났다. 한 남자가 뒤에서 말을 타고 양 떼를 몰며 오고 있었다. 말을 탄 모습이 근사해서 이웃 유목민인가 했더니 작드더르즈 씨였다. 그가 모자를 써서 잘 알아보지 못했다. 또 말을 타고 양을 모니 오토바이를 탈 때와는 다른 사람 같았다.

전날 방문한 유목민은 세 아들을 두고 있었는데, 갓 20대가 된 둘째 아들이 전통 복장 델에 긴 장대를 쥐고 말을 탄 채 들판으로 양을 몰고 있었다. 그 모습이 너무나 늠름하여 내가 젊은 여자라면 반했을 것 같았다. 나도 유목민으로 태어났다면 저 자연의 삶을 기꺼이 받아들였으리라. 공부를 하지 않으면 어떤가. 엘리트가 되는 것이 최상은 아니다. 아르항가이Arhangai의 유목민 게르에서 일주일 머물 때는 총명한 네 살짜리 뭉흐자야와 친구가 되어 세상을 잊었다. 양 갈빗살을 칼로 뜯어 계속 자야에게 먹이면서 혹독한 환경 속에서도 유목민이 살아가는 원천을 알았다. 어여쁜 뭉흐자야를 위해, 사랑하는 아내와 자식들, 가족을 위해 살아가는 것이다. 그들에게 초원을 물려주기 위해. 몽골의 허허벌판에선 명예도 권력도 무용하다.

그날 7시가 넘어 작드더르즈 씨는 나를 차에 태워 여러 곳을 보여주었다. 구불구불 산길을 넘어 차를 세우니 양 우리와 창고 같은 작은 건물이 안쪽에 있었다. "윈터 캠프" 유목민들은 양이나 염소의 목초지를 따라 철마다 거처를 옮겨 다닌다. 내가 머물고 있는 그들의 여름 집에서 20여 분 걸어가면 야산 아래 양 우리와 창고가 있는데 봄가을에 머무는 스프링 캠프였다. 산 위의 이곳은 추운 겨울에 양을 돌보며 지낼 곳이다. 작드더르즈 씨가 창고 문을 여니 해체된 게르가 놓여 있었다. 초원에서 유목민들은 다른 사람이 터를 잡은 곳이 아니라면 어디든 게르를 세워 살 수 있다. 쿠빌라이 황제만 여름 궁전 겨울 궁전을 가진 것이 아니다. 무소유의 자유야말로 유목민의 특권이다.

지역의 자연환경 파수꾼이기도 한 작드더르즈 씨가 그날 내게 보여주려고 한 것은 특별한 것이었다. 산을 넘어 다시 평원을 달리니 고원이 멀리 눈에 들어왔다. 거대한 둔덕처럼 솟았으나 평평한 정상에는 하얀 표석이 한 점 꽂혀 있었다. "템플." 작드더르즈 씨가 손으로 하얀 표석을 가리키며 고원에 난 길을 따라 올라가는데 신성한 무엇에 다가서는 듯하여 침묵했다. 정상에 차를 세우니 그제야 스투파가 확연히 나타났다. 탑만 있는 무인의 절이었다. 성역의 표시로 스투파 주위에 철책을 쳐 놓았고, 뒤로 오보도 2개 세워져 있었다. 안으로 들어서니 정적만 고여 있고 푸른 하늘 아래 흰 탑만 의연히 서 있었다. 사람의 발길이 거의 닿지 않은 이 고원에 탑이 오롯이 서 있다니. 하늘 아래 경배하리라. 고원이 멀리서 보일 때부터 나는 무언의 소리를 듣고 마음속으로 겸허하게 오체투지 했다.

호수로 가려고 작드더르즈 씨를 따라 숲으로 들어서는데 갑자기 말 네 마리가 나뭇잎을 헤치고 걸어 나왔다. 옅은 갈색의 몸체에 까만 갈기를 가진 말이 내 앞으로 걸어오는데 나는 자리에 가만 멈추어 섰다. 말들은 가족인 듯 모두 우아하고 기품이 있었으며 신화 속의 주인공 같았다. 나는 외계인으로 동화의 세계에 잘못 들어선 듯했고, 자연의 주인인 그들을 위해 길을 비켜주어야 했다.

어느새 하늘에 노을이 깔려 문득 고원을 향해 돌아서니 고원 아래로 수십 마리의 말들이 걸어오고 있었다. 어디서 오는 것일까. 평온한 귀가였다. 광막한 자연 속에 두 사람만 빼곤 인간이라곤 보이지 않았고, 온통 말과 새 천지였다. 더없이 완전한 풍경이었다. 낙원이 거기 있었다. 고원 위에서 스투파도 자연의 주인들을 내려다보는데, 해탈이 거기 있었다. ✤

우주의 진리를
사랑하는 사람은

재가 불자 자연과학자 박문호

왜 이 모든 존재는 존재하는 걸까
강과 산과 바람과 구름 그리고 나
존재는 왜 존재하게 된 걸까

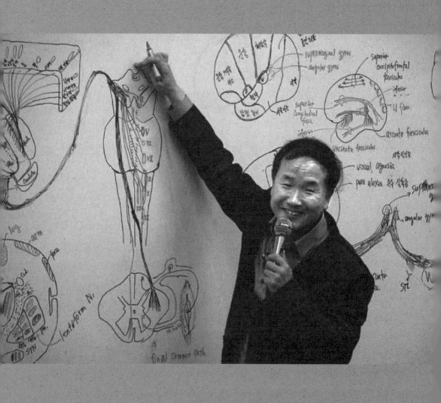

우주의 진리를
사랑하는 사람은

―재가 불자 자연과학자 박문호

지난 6년간 일요일 오전 대전에서 서울로 갔다.

봄날 차 뒷자리에서 아련한 옛 영화음악에 젖어 창밖을 본다.

겨울나무들 끝 가지에 연보라색 기운이 감돌고 파아란 하늘에

구름 몇 조각 사진처럼 떠 있다.

몽롱한 봄기운이 스며들면 아찔하게 올라오는 생각이 하나 있다.

왜 이 모든 존재는 존재하는 걸까.

강과 산과 바람과 구름 그리고 나

존재는 왜 존재하게 된 걸까.

아무것도 없지 않고 가려움처럼, 기억처럼,

한 장의 우주가 존재하게 된 걸까.

아무것도 없는 우주는 논리적 모순인가.

존재의 심연이 이처럼 몽환적 봄기운을 타고
홀연히 나타났다 곧 사라진다.
그리고 이미 존재하게 된 우주적 일상이 펼쳐져 있다.
—박문호의 자연과학 세상, 『유니버설 랭귀지』 서문에서

　7년 전이었나. C화백으로부터 삼릉 집에 오라는 연락이 왔
다. 대전에서 책 읽기 모임을 주도하는 전자통신연구원ETRI의
박사님이 와 있으니 만나보라고 했다. 나와는 전혀 다른 분야
라 관심이 기울었다. 그날 삼릉에서 만난 사람이 박문호 박사
였다. 경주 태생에 친가가 삼릉에 있어 가끔씩 경주에 내려오
는 듯했다. 박문호 박사가 내 신라 역사 에세이 『능으로 가는
길』을 잘 읽었다고 하여 이내 친근감을 가졌는데, 화제가 어느
덧 근래에 다녀온 호주로 옮아갔다. 지구 산소의 기원인 시아
노박테리아cyanobacteria가 자라고 있는 남호주 샤크베이의 스
트로마톨라이트stromatolite라는 암석 덩어리에 대해. 35억 년 전
생명의 시원을 담은 살아 있는 화석이 지금도 산소를 보글보

글 내뿜으며 샤크베이 해멀린풀 바닷가에 펼쳐져 있다고.

　35억 년이라. 인류학과 진화생물학 책은 어느 정도 읽었지만 본격적인 우주 서적은 칼 세이건의 『코스모스』만 떠오른다. 『코스모스』는 과학에 무관심했던 젊은 날 예상외로 재미있게 읽었던 기억이 나지만 그것마저 세부적인 것은 잊어버렸다. 우주의 나이는 나의 이해를 넘어설 만큼 초현실적이지만 그날 삼릉에서 들은 35억 년이란 산소의 역사는 나의 무지를 흔들었고 우주에 대한 경외심을 일깨우기에 충분했다. 스트로마톨라이트를 보러 꼭 호주에 가리라. 1년 뒤 박문호 박사는 호주 탐사 계획을 세웠고 나는 70명이나 되는 인원과 함께 지구 초기의 원형을 간직한 생명의 현장을 찾았다. 명석한 자연과학자의 인식욕에 자극받아 지구의 반 바퀴를 돌아서.

　어떤 만남으로 삶의 시야가 확장됐다면 행운일 것이다. 다른 회원들처럼 나도 박문호 박사를 알게 되면서 과학적 사고방식을 요구하는 독서로 인식에 폭을 넓힐 수 있었다. 『의식의 기원』『마음의 역사』『신은 왜 우리 곁을 떠나지 않는가』 등의 책을 통해 인류의 뇌가 만들어온 신의 존재를 확연히 알게 됐다. 그가 불교방송에서 28회 강연했던 〈뇌, 생각의 출현〉은 모든 것이 마음에서 비롯된다는 불교까지 더 잘 이해하도록 했다.

2013년엔 박자세(사단법인 박문호의 자연과학 세상) 회원들과 실크로드를 11박 답사하며 불교사에서부터 『대승기신론』까지 버스 안에서 박문호 박사의 명강의를 들었다. 감탄할 수밖에 없었다. 대전에서 전자통신연구원으로 근무하면서 매주 서울에서 '138억 년 우주의 역사'와 뇌 과학 강연을 상반기와 후반기에 지속적으로 하며 자연과학 대중화 운동을 한다. 다른 강연도 많거니와 1년에 2번씩 박자세 회원들과 해외 자연 탐사를 위해 호주나 몽골로 간다. 그 후 펴낸 『서호주』와 『몽골』은 한 회원의 표현대로 "전문가적 향연이며 지식의 포틀래치 potlatch"여서 감사의 마음으로 읽은 책이다. 불교 공부는 또 언제 하여 학승처럼 강의하시는지. 놀랍지 않은가.

그는 경주에서 태어났지만 6세 때 울진군 후포로 이사 가서 초등학교부터 고교까지 성장기를 보냈다. 이사 갈 때 동해안 비포장도로를 달려 강구를 지나가다가 바다를 처음 보았다. 무한대의 바다는 아이를 놀라게 했고 자연에 대한 그 경외감은 지금까지도 뇌리에 깔려 있다.

사람마다 다 변환기가 있지만 소년에게 공부에 대한 열망이 싹튼 것은 중학교 1~2학년 때였다. 공부를 잘해야겠다는 생각이 들었다. 언젠가는 하루에 몇 마디를 하는지 궁금해서 한 달간 세어본 적이 있었다. 긴 호흡의 사고 작용인지 모른다. 초등학교 때 〈MBC 주말의 명화〉를 했는데, 동네에 텔레비전이 단한 대뿐이어서 친구 집에서 보았다. 초등 4학년 때 본 펄 벅의 〈대지〉는 지금도 기억하고 있다. 3시간 가까운 상영이었으나아이는 꼼짝도 않고 영화에 몰입했다. 그 후로도 소년은 긴 호흡의 대서사시를 좋아했다.

박정희 정권 시절 '자유 교양 도서 읽기 대회'를 매년 했다. 그는 중1 때 울진군의 책 읽기 대회에서 1등을 했다. 생물 시간에배운 중복수정은 무척 흥미 있었다. 그것이 지금 '우주 138억 년' 강의를 하게 된 배경이 된 것 같다. 분자식을 배우는 물상도 재미있었다. 중3 때는 어른이 보는 〈중앙일보〉를 1년간 보면서세상을 보는 안목을 키웠다.

후포고교에선 1년에 1명 경북대학교에 보내는 것이 목표였다. 그는 물리학을 하고 싶었지만 전자과에 들어갔다. 생각과달리 실리적인 학문이라 재미가 없었다. 다행히 사대 물리학과

고재걸 교수가 와서 강의하여 기초 물리학을 배울 수 있었다.

서클 활동으로 '대구 구도회'에 들어갔다. 이기영·정병조 교수가 주축이 된 '한국불교연구원'의 산하단체였다. 리더였던 김현준 씨는 중3 때 벌써 성철 스님을 친견하고 삼천 배를 한 열성 불자였다. 박종린 선배의 대단한 수행 의지도 대학 시절 그의 본보기였다. 지도 법사였던 우룡 큰스님은 지금도 설이면 찾아가는 은사 같은 강백이다. 현 범어총림 방장 지유 큰스님도 적지 않은 영향을 주었다. 대학 신입생 박문호는 그해 여름 순천 송광사 수련 대회에 참가했다. 그때 법정 스님이 수련원 원장으로 계셨다. 중학 때부터 〈샘터〉를 읽어서 법정 스님을 알고 있었고 법문도 들을 수 있었다. 울력 시간에 밀짚모자를 쓴 스님이 앞에 보이는데 외국 스님이었다. 궁극의 세계를 추구하는 사람들이 있다는 것을 알았다.

송광사의 새벽 예불은 청년의 감성을 흔들었다. 마룻바닥을 울리는 범종 소리가 온몸을 타고 울리면서 그를 전율케 했다. 사물이 깨어나는 송광사의 새벽 예불은 박문호 인생에 각인된 두 번째 인상적인 장면이었다. 그것도 동해 바다처럼 무한에 대한 직감이었다.

대학 1학년 겨울부터 그는 방학 때면 2개월씩 절에 머물렀다. 영천 은혜사, 팔공산 묘봉암, 경주 단석산 신선암, 경주 남산의 옥룡암 등 5년에 걸쳐 암자에만 스무 달 정도 살았다. 묘봉암에서 함박눈 내릴 때 문을 열면 영천 뜰이 하얗게 펼쳐졌다. 심장 뛰는 소리가 들릴 정도로 사방이 조용했다. 그 시기 절간에서 고요에 길들어 지금도 소음을 못 견딘다. 암자 생활이 기질을 만들었다.

대학을 졸업하고 삼성 반도체에 들어갔다. 1987년에 지금의 전자통신연구원에 들어가서 불교 모임을 만들었다. 20여 명이 점심시간에 경전 공부를 했는데 서경수 선생님에게 인도 불교사, 이기영 교수에게 『반야심경』과 『대승기신론』을 배웠다. 원문으로 공부하고 돌아가면서 원효 사상을 발표했다. 10년간 이렇게 공부하면서 불교 서적이 1천 권 정도 쌓였다. 당시엔 대전 불교 서점에 가서 책을 사는 것이 일이었다. 또 해남 대흥사와 석굴암, 통도사와 범어사 등 수련 대회에도 7번 갔다. 사춘기에 동해 바다를 보면서 자연과 만났다면 대학 1학년부터 유학 가기 전 34세까지 불교적 사고를 했다.

"결과적으로 불교적 사고가 자연과학을 공부하는 데 도움이 됐어요. 불교를 공부하면서 추상적 사고를 훈련했어요. 가장 추상적 학문이 입자 물리학인데 물리의 세계, 극미極微의 세계, 양자역학의 세계에 들어갈 수 있었어요. 유식唯識 사상도 브레인 공부하는 데 도움이 되었죠."

그는 1991년부터 1997년까지 미국 텍사스 A&M 대학에 유학 하여 전자공학으로 석사·박사학위를 받았다. 전자공학은 굉장히 실질적인 학문으로 이것을 공부하지 않았더라면 실지로 문명을 이루고 역사를 바꾸는 분야를 몰랐을 것이다. 그는 미국 시절부터 천문학을 공부했고 돌아올 땐 브레인에 관한 책을 100권 정도 사왔다. 물리학은 자연현상을 보는 훈련이고 천문학도 외부 자연이 관찰 대상이지만 불교를 공부했기에 기질적으로 자연히 인간의 내면세계에 들어왔다.

귀국길에 비행기가 태평양 상공을 날 때 일출 장면이 펼쳐졌다. 장엄했고 압도적이었다. 그의 인생에서 세 번째로 마주친 무한대에 대한 직감이었다. 자연의 실체를 탐구하는 138억 년 우주 진화에 대해 운동할 엄두를 낼 수 있었다.

귀국 후 연구소에 복직하여 연구 경력을 쌓고 2002년 고미숙 박사를 만나 '수유 너머'에서 천문학과 생물학 강의를 5년간

했다. 삼성경제연구원에서 브레인 강의를 시작한 인연으로 뇌에 관한 전문서를 2권 펴냈다. 『뇌, 생각의 출현』은 2008년 7개의 신문에 올해의 책으로 선정될 만큼 반향이 컸다. 『그림으로 읽는 뇌 과학의 모든 것』은 2012년 미래부장관상 중 저술상을 받았다. 그는 어떻게 시간을 조각내어 그 많은 공부와 일을 할 수 있는 걸까.

공부 방법은 간단하다. 일찍 자고 일찍 일어난다. 이렇게 한 지 10년 정도 됐다. 9시에 잠자리에 들어 3시나 4시경 일어난다. 집중적으로 두어 시간 공부하고 아침 먹기 전 운동하러 간다. 하루 3시간 조용한 시간을 확보하여 10년만 하면 누구나 전문가가 될 수 있다고 그는 조언한다. 또 공부와 일상을 바꾸어야 한다. 대부분 일상 속에 공부가 양념처럼 들어 있다. 공부 속에 일상이 들어가야 한다. 그러자면 복잡한 대인관계도 없어야 하고 다른 취미도 없어야 한다.

"공부하는 사람은 한자리에 오래 앉아 있어야 해요. 침묵할 수 있는 능력이 있어야 합니다. 말하는 것은 습관적 반사 동작에 가까워요. 브레인에 도움이 안 되는 행위예요. 침묵하는 동안엔 공부하고 있는 것을 마음속에 장악하고 있어요. 기억의 창고를 더듬어 내적 대화를 하는 겁니다. 그래서 늘 잡담을 하지 말라고 합니다."

박자세의 정식 회원으로 등록한 사람은 100여 명이지만 강의를 듣고 사이트로 참여하는 회원 수는 4천 명에 이른다. 자연과학 운동이 조금씩 확산되고 후원자도 늘어간다. 박자세는 학습을 위해 늘 암기와 반복을 강조하는데 박문호 박사도 뇌 공부를 하면서 도표를 수없이 그렸다. 회원들은 복잡하기 짝이 없는 리스만 도표(뇌의 주요 영역과 연결들)도 외워서 발표하고 아인슈타인 상대성이론까지 외워서 2시간 동안 칠판에 푸는 회원들도 몇 있다. 전문 과학자도 아닌데 상대성이론을 아는 것이 인생에 무슨 도움이 되냐고 물으면 박문호 박사는 답한다.

인간이 만든 가장 위대한 공식을 적어보았다는 것은 대단한 거라고. 그것을 10퍼센트만 이해하면 어떤가. 일단 시작하면 그 길로 그 길로 간다. 도달은 못할지라도. 지금 이 생에 다 못한다고 해서 아예 그만두면 영원히 기회를 놓친다. 선방 문

고리만 잡아도 깨달음에 다가간다고 한다. 당신은 깨칠 자신이 있다고 좌선을 하나? 초기 경전에는 산책하는 붓다에게 아이들이 흙에 물을 부어 떡을 만들어 바치는 이야기가 나온다. 붓다는 기특한 아이에게 언젠가 깨칠 것이라며 수기를 내린다.

자연과학 운동을 하는 선구자에게 왜 당신은 자연과학을 하는가?라고 기초 질문을 하면 그는 시를 펼친다. 지구라는 행성에 인간이라는 존재로 태어나서 삶을 마무리할 때가 되면 나는 어디로 가며 생의 끝에 무엇이 있는지를 자연과학에 묻겠다고. 물질은 중력장에, 동물은 감각장에, 인간은 의미장에 구속되어 있다. 삶이 무의미해도 우리가 의미를 만들어내는 것은 생존에 도움이 되기 때문이다. 자연은 암석은 그런 세계가 아니다. 언어가 없는 세계로 간다. 무생물, 무화된 세계로 가는 것이다. 그 무의미를 만날 준비를 해야 한다.

최근 그는 부친상을 당했다. 자연과학자도 죽음에 대한 생각을 했다. 가까운 이가 죽었을 때 괴로운 것은 기억의 단절 때문이다. 물리적 실체는 사라져도 기억이 살아 있기 때문이다. 어떤 죽음은 슬퍼하고 어떤 죽음은 슬퍼하지 않는 이유도 기억의 강약에 있다. 죽음이란 물질의 측면에서 보면 분자 구조

가 바뀌는 거다. 화장하면 연기가 나는데 이산화탄소다. 남은 뼈는 칼슘이다. 죽으면 천국이 아니라 땅으로 간다.

"의미가 없으면 어떤가. 문화적으로 허무라고 할 수 있지만 이것이 본연의 자리예요."

그는 문태준 시인과 황동규 시인을 좋아한다. 황동규 시인은 "초월은 초월하지 않은 곳에 있다"고 했다. 「풍장」 연작시도 살아서 무생물이 되는 과정을 그렸다. "바람을 이불처럼 덮고/ 화장化粧도 해탈解脫도 없이/ 이불 여미듯 바람을 여미고/ 마지막으로 몸의 피가 다 마를 때까지/ 바람과 놀게 해다오."

최근에 펴낸 『사는 기쁨』은 노시인의 달관인 듯 한결 여유로운데 「무중력을 향하여」라는 시는 자연과학자가 무릎을 치게 한다. 사람들은 흔히 죽음 너머의 세계를 상상하지만 그런 세계가 있을까. 내가 죽고 없는 세계를 시인은 이렇게 그렸다.

'이제 나는 내가 아니야!' 병원 침대에 누웠다가
세상 뒤로 아주 몸을 감추기 전 친구의 말.
가면처럼 뜬 누런 얼굴.
더 이상 말을 아꼈다.

창틀에 놓인 화병의 빨간 가을 열매들이 눈 반짝이며

'그럼 누구시죠?'

입원실을 나와 마른 분수대를 돌며 생각에 잠긴다.

조만간 나도 내가 아닌 그 무엇이 되겠지.

그 순간, 내가 뭐지? 묻는 조바심 같은 것 홀연 사라지고

막혔던 속 뚫린 바보처럼 마냥 싱긋대지 않을까.

뇌 속에 번뜩이는 저 빛,

생각의 접점마다 전광 혀로 침칠하던 빛 문득 사라지고,

생각들이 놓여나 무중력으로 둥둥 떠다니지 않을까.

내가 그만 내가 아닌 자리,

매에 가로채인 토끼가 소리 없이 세상과 결별하는 풀밭처럼

아니면 모르는 새 말라버린 춘란 비워낸 화분처럼

마냥 허허로울까?

아니면 한동안 같이 살던 짐승 막 뜬 자리처럼

얼마 동안 가까운 이들의 마음에

무중력 냄새로 떠돌게 될까?

—황동규, 「무중력을 향하여」 전문

그는 12년째 브레인 공부를 지속하고 있다. 그는 진화적 관점에서 뇌 과학을 공부하면서 인간의 감정과 본능의 기원을 추적해 드러내길 좋아한다. 자연은 생물과 무생물 모두를 포함한다. 생명은 무생물에서 출발하였기에 우리는 무생물적 자연이 우리가 돌아갈 본연의 곳이라는 사실에 익숙해져야 한다.

뇌를 공부하는 것은 내 속의 물고기를 발견하기 위해서다. 5억 년 전 물고기가 인간까지 오는 과정을 추적하면 동물적 본능의 본질을 직시할 수 있다, 그 점이 중요하다. 인간 사회를 이루면서 조야하고 거친 면은 걸러졌지만 사라진 것은 아니다. 그것을 알기에 자연과학자인 그는 유교학자들처럼 윤리 도덕을 강조하지 않는다. 자연과학 운동이란 어찌 보면 완전한 인격체에 반하는 운동이다. 반유교적일 수도 있지만 우리 본성을 들여다보자는 것이다.

청년기 15년간 불교의 진리를 추구했고 지금도 철마다 마곡사며 법주사를 저절로 찾아가지만 이 자연과학자는 구도자라거나 종교적인 수식어로 불리면 정색을 한다. 박자세의 진지한 박수미 (잎싹)회원은 "광대한 우주 속 지구라는 행성의 인간 현상을 탐구하는 구도자를 몰라보았고 박자세를 통한 그의 공부는 수행의 여정이라는 것 또한 미처 깨닫지 못했다"는 글을 올렸지만 정작 본인은 아니라는 표정을 짓는다. 나는 다시 생각하고 싶다. 물고기 후예가 구도하고 수행하면 동물답지 못한 건가?

불교는 신적인 것을 추구하는 것이 아니라 깨달음이라는 궁극을 추구하는 종교다. 그 강한 의지력을 긍정한다. 선불교가 지향하는 것은 언어가 끊어진 자리 즉 의미장(인과로써 밀폐된 공간)을 넘어서는 것이 아닌가. 의식 너머를 지향할 수 있다는 것은 우리 의식이 가진 가장 놀라운 능력이다. 청년기에 『화엄경』 『대승기신론』 같은 대경전을 만난 것도 뿌듯하다. 그가 가장 영향을 받은 경전은 『반야심경』과 남방불교의 『사념처경』이다. 몸身, 느낌受, 마음心, 현상法, 네 가지를 관찰하여 번뇌를 없애고 바른 도를 얻게 하는 것인데, 내면의 심리적 관찰이다.

붓다는 생물학적 관찰자다. 몸의 관찰자로서 깨친 방법도 요가다. 어떤 세계의 철학자도 안이비설신의眼耳鼻舌身意 몸의 감각기관을 말한 사람이 없다. 그것이 중생이라는 것을 정확히 정의했고, 물질色과 정신受·想·行·識의 다섯 기관인 오온五蘊이 모두 비어 공空하다는 것을 보여주었다. 불교의 위대한 점은 생리학에서 출발하여 진여문眞如門(의미가 없는 곳, 무의미의 장)까지 넘어간 점이다.

그는 사회문화적 형태로서의 불교를 너무나 좋아하지만 종교와 객관적 거리를 유지한다. 종교 현상은 언어가 출현하고 4만 년 전 동굴벽화를 시작으로 나타난 구석기시대 문화의 대폭발이었다. 죽음이라는 절체절명의 상황에서 출현한 종교의 본질은 구원이지만 고통을 느끼는 것도 문화적 현상이다. 종교가 지향하는 상당 부분은 과학에서도 충족할 수 있다. 달라이 라마가 외국서 연설하는 것을 텔레비전으로 보니 너무 불교적이지 말라, 과학에서 답을 얻으라고 했다.

박문호 박사의 열강은 유명하다. 6년에 걸친 350여 시간에 한 번도 결강한 적이 없다. 열강하는 만큼 청중에게도 열청을 원한다. 회원 중 누가 졸기라도 하면 이런 걸 들으면서 어떻게 잠이 오나, 핀잔을 주면서 "졸리면 서서 들으세요!" 한다. 진리를 흘러버리는 부주의에 대한 질책일까. 실크로드 답사 때도 버스에서 법성게를 강연하며 "우보익생만허공雨寶益生滿虛空, 중생수기득이익衆生隨器得利益"을 강조했다. "진리가 비처럼 쏟아지는데 중생은 자기 그릇만큼만 가져갑니다. 제발 그릇 좀 넓히

세요"라고.

몽골 초원에서 새벽 5시 별 강의를 하면 대원들은 시리우스가 보인다고 탄성을 지른다. 어느 새벽에 꿈결인 듯 들려오는 양자, 중성자, 단어들과 강의 풍경은 누구에게는 영원히 지워지지 않을 화인이 된다. "바로 지금, 우리 존재의 비밀에 간단없이 들어가는 것만이 인간의 최선이다. 수백 번 미루어 녹슬었던 공부의 문이 이날 새벽 삐거덕 소리를 내며 열리는 것이었다." 실크로드 답사 때는 새벽의 쿠무타크 사막에서 모래에 도표를 그리며 힉스 입자 강의를 했지. 한 대원은 이것을 산상 강의라 했는데, 모래 둔덕에 서서 아침 해를 맞이하며 열강하는 모습은 명장면이었다.

역시 실크로드 답사 때다. 도로에 사고가 났는지 버스가 한없이 정체되자 순발력으로 시작한 강의도 잊을 수 없다. 박문호 박사는 늘 하듯이 통로에 서서 『대승기신론』 강의를 시작했고 나는 요의를 느꼈으나 통로에서 강의가 진행되니 꼼짝없이 갇혀서 들어야 했다. 진리가 비처럼 쏟아져도 생리 현상을 해결하지 못한 중생의 귀에 강의가 들어올 리 없었다. 심진여문心眞如門 심생멸문心生滅門이 간간히 들려왔을 뿐이다. 버스가 몇 대나 밀린 채 계속 정지해 있었지만 우리는 정확한 이유도 몰랐다. 낭비되는 시간을 잡았지만 이 와중에 공부라니.

지친 얼굴로 박문호 박사를 바라보다 나도 모르게 강의하는 모습에 빨려 들어갔다. 밖은 완전히 어두웠고 버스가 다시 떠날 수 있을지도 알 수 없었다. 타이타닉 호가 뜬금없이 떠올랐다. 우리가 잠겨가는 타이타닉 호에 승선해 있더라도 박문호 박사는 집중을 요하며 열강을 할 것 같았다. 통 속의 디오게네스처럼 버스 속에서 불경을 풀이하는 자연과학자의 모습에 나는 머리를 내저었다.

그의 집에는 그림 대신 브레인 지도와 천문학 액자들이 걸려 있다. 7천여 권의 책은 온 벽면을 채우고 주방과 통로, 아이들 방까지 진출해 있다. 공부밖에 모르는 머리 지식인인 줄 알기 쉽지만 그는 누구보다 감성적인 자연과학자다. 수없이 브레인을 그려도 그때마다 가슴이 뭉클하고, 야영할 장소를 찾다가 야생화가 흐드러진 몽골 초원에서 "꽃 위에 텐트를 칠 수는 없다"고 했다. 『서호주』 책을 만들 땐 디자인에 몰입하라고 주문했다. "배고픈 것은 참아도 아름답지 못한 것은 참을 수 없다."

11박의 실크로드 답사를 끝내고 대원들은 저녁 식사 후 한

자리에 모였다. 박문호 박사는 그동안 갔던 장소 중 가장 인상 깊었던 세 곳을 각자 말하자고 했다. 더없이 적절한 답사 여행 마감이었다. 23명이 돌아가면서 말하는데 박문호 박사는 월내천과 고창국, 수바시 고성을 꼽았다.

나는 먼저 간 순서대로 말하다가 수바시 고성을 빠트릴 수밖에 없었다. 옛 쿠처 왕국의 수도에 남은 폐사지. 3세기에 창건된 절에 당의 현장 법사가 인도로 가던 중 두 달가량 머물렀고, 727년엔 한반도에서 최초로 신라인 혜초가 들렀다. 동서 가람에 일부 흙벽이 남아 규모를 알 수 있었지만 무너져 겨우 잔해만 남은 터엔 바람이 무섭게 몰아치고 있었다. 박문호 박사는 압축된 한마디로 시인의 감동을 말했다.

"다 보내고 혼자 남고 싶었다"고.

우주의 진리를 사랑하는 사람은 시인일 수밖에 없다. ⚜

절망적으로 갈구한다면
깨달음을 얻으리

화공 스님

물질의 세속에 집도 절도 없는 아웃사이더지만 스님은 갈 곳이 있다
붓 다 의   가 르 침   그   고 향

절망적으로 갈구한다면
깨달음을 얻으리

— 화공 스님

4년 전쯤이었다. 경주에서 동국대학교를 오가다가 미술과 허만욱 교수님을 따라 우연히 선학과 불교 강의를 청강하게 되었다. 전 시간에 들은 『벽암록』 강의도 좋아서 계속 불교 강의를 듣고 싶다고 생각했다. 다른 책만 쌓아두고 늘 불교 공부를 미루었더니 이렇게 다가오나 보다. 다음 강의는 선문화였다. 선문화라는 과목은 처음이어서 강의가 궁금했다.

문이 열리면서 회색 승복에 무테안경을 낀 스님이 들어서는데 뜻밖에도 베레모를 쓴 모습이었다. 스님은 교탁 앞에 서자 "자연스럽게 산다는 것은 무엇일까요?" 하고 말을 던졌다. 자연스럽게 산다? 선문답인가. 금속성 목소리에 귀를 세우고 앞을 주시하니 안경을 끼고 베레모를 쓴 모습이 중세의 석학 같았다. 혹은 현자일까.

그날 수업이 끝나고야 화공華公 스님이라는 법명을 알았다. 도서관에서 자주 보는 사서에게 아주 좋은 불교 깅의를 들었다고 말했다. 사서는 이미 알고 있는지 미국에서 오래 공부한 스님이라면서 한 잡지에 실린 노자『도덕경』11장의 해석을 복사해주었다. 대부분의 번역서들이 무無를 공空 또는 허虛의 개념으로 번역했지만 화공 스님은 존재의 유무로 번역했다.

한 문장은 이러하다. 연식이위기埏埴以爲器 당기무유기지용當其無有器之用. "진흙으로 그릇을 만들면 당연히 그것(흙)은 없어지나 그릇의 쓰임이 생겨난다." 여기서 무無는 소유에 대한 무집착, 소유의 무소유를 논하는 것이라고. 보다 간단 명쾌한 해석이었다. 앞으로 스님의 강의를 다 들으리라 작정하고 선어록 강의도 청강했다. 학인 스님들이 미동도 않고 앉아 있는 넓은 교실에서 물 흐르듯 선시를 푸는 강의를 듣노라면 세속이 아니라 산중에 있는 것 같아서 자신이 정화되는 듯했다.

선이란 나를 돌이켜보고자 하는 저 밑바닥에 깔린 갈망, 염원이다. 내면을 지켜보는 자기반성을 할 때 처음으로 진보가 시작된다.

우리는 너무나 인위적으로 살았다. 욕망을 위해 무리하는 것이 인위적인 삶이다. 자연으로 돌아가자는 것이 선이다. 드뷔시의 〈바다〉는 무얼까.

물과 바람이 만나 생기는 파도라는 현상. 파도는 본연이 아니다. 파도처럼 내 마음에서 일어나는 갖가지 상념들은 자연스러운 것이 아니다. 인위적이다. 포도주도 청찬을 들으며 마시면 더 향기롭고 화날 때 마시면 쓰다. 인위적인 염심染心이 없는 것이 자연이다.

헤르만 헤세의 싯다르타는 말했다. "나는 생각할 줄 압니다. 나는 기다릴 줄 압니다. 나는 단식할 줄 압니다."

지상의 수많은 생물 중 인간만이 깨달을 수 있다. 인간으로 태어났다는 것은 깨달을 수 있는 유일한 기회다. 이것이 '천상천하유아독존天上天下唯我獨尊'의 뜻이다. 아我란 인간의 생명을 가리킨다.

진리의 비가 쏟아졌다. 환희심을 가졌다. 나는 게으르게 불교 공부를 미루고 있었지만 화공 스님의 강의는 오아시스와 같았다. 목이 마른지도 모르고 있었지만 법문과도 같은 강의는 발보리심을 일으켰다. 하루는 한 비구니 스님과 함께 동남산의 작은 절에 갔더니 거기 와 있던 노스님이 화공 스님의 학인 시절 말을 들려주었다. 비구니 스님이 동국대학교에 출강하니 화공 스님이 생각난 듯했다.

"화공이 옛날에 해인사 강원 다닐 때 깎은 머리가 파르스름해. 거참!"

조지훈 시에 '파르라니 깎은 머리'라는 묘사가 나오지만 노스님이 40여 년 뒤에도 기억할 만큼 인상적이었나 보다. 젊은 날부터 남달랐던가 보다. '운명運命'은 흔히 정해진 것으로 생각하지만 나의 운을 운전한다는 뜻이니 스스로 만드는 것이라고 화공 스님이 일러주었다. 병약한 소년이 뒷날 스님이 된 것도 스스로 만든 운명일까.

소년(속명 황창근)은 어려서부터 혈압이 낮아 빈혈로 고생했고 다발성 관절염을 앓았다. 중학교 때 결핵성 늑막염을 앓았고 고교 때 전신마비를 일으켜 만 이틀 만에 깨어났다. 창근이 고교를 졸업하자 불자인 어머니는 아들을 요양시키려고 부산

가야사에 데려갔다. 고향인 진해에서 다른 도시로 왔지만 어릴 때부터 늘 절을 오가서 친근했다.

절에는 환속한 마을 사람이 있었는데 주지 스님의 친구였다. 어른은 부인과 싸우면 절에 와서 머리를 깎고 그날부터 길렀다. 부인의 버릇을 고친다고 했다. 어른은 학생, 학생, 말을 걸면서 옆방을 드나들었다. 어른은 학생에게 출가를 권했다. 결혼하고 가족을 가지면 공부 못한다. 공부하려면 출가해야 한다고 몇 번이나 말했다. 주지 스님보다 더 주지 스님 같았다.

하루는 바리캉이 눈에 띄었다. 더벅머리 학생은 잘 드나 시험하려고 귀 옆머리를 잘라보았다. 어른이 그걸 보더니 "우리 학생이 드디어 발심했다"면서 학생의 머리를 몽땅 깎아버렸다. 어른은 법당 앞에서 덩실 춤을 추었다. 원래 흥이 많은 어른이었다. 머리를 깎이고도 가만있었던 학생은 어른이 갖다 주는 주지 스님의 승복도 받아 입었다.

머리 깎은 첫날 어른이 집에 연락했나 보다. 누가 방문을 두드려 들어오시라 하니 보살님(어머니)이었다. 보살님은 아무 말 없이 삼배한 뒤 "이왕 머리를 깎았으니 큰스님이 되십시오" 하고 뒷걸음으로 나갔다. 어머니가 집에 가자고 하면 가려 했지만 아무 소리도 하지 않아 나서지 못했다.

교장이었던 아버지가 얼마 뒤 돌아가셨다. 소상 때 집에 가서 부친과도 작별하고 범어사로 거처를 옮겼다. 당시 주지였던 능가 스님이 얼결에 행자를 받아 은사가 되었다. 능가 스님은 행자가 온 첫날부터 공양주를 시켰다. 당시 가난할 때라 보리와 쌀을 반씩 섞어 밥을 지었다. 일주일이 지났을까 하루는 주지 스님이 공양간 옆을 지나면서 "너 아직 안 갔어?" 하고 물었다. 허약해서 못 견딜 거라 생각하고 아예 힘든 공양주를 시킨 거였다. 황행자는 20세에 출가하여 행자 생활 한 달 만에 계를 받았다. 행자 생활을 최하 6개월 해야 수계식을 할 수 있지만 노장이 주라고 하고 사미승으로 이름을 올렸다.

"처음부터 깨달음을 위해 출가하는 경우가 있을까 싶어요. 사정이 있었거나 나처럼 절집에 있다가 저절로 출가하든지. 출가란 개념은 우선 가족으로부터 벗어나는 거예요, 세속적 집착에서 벗어나는 겁니다. 결혼을 한다는 것도 집착하겠다는 얘기예요. 불교는 많은 사람들에게 도를 얻을 수 있는 길을 열어 놓았어요. 아무리 불교가 좋다지만 종교를 의지해서 호구지책으로 삼겠다는 것에는 반대예요."

범어사 강원 치문반에 다닐 때 6회 졸업식이 다가왔다. 선배들을 배출하는 날이라 행사를 보려고 기대했는데 관음재일인 그날 절에서 영가 결혼식 재가 잡혀 있었다. 새로 온 주지 스님은 이 일을 위해 졸업식 행사를 간단히 하라 했다. 무엇에 더 중점을 두는가. 학인 스님들은 데모를 했다. 범어사 강원이 문을 닫았을 만큼 여파가 컸고 학인들은 뿔뿔이 흩어졌다. 범어사에선 데모한 학인들을 받지 말라고 전국 강원에 편지를 보냈다. 화공 스님은 주동자로 몰려서 갈 데가 없으면 환속을 해야 할 상황이었다. 환속을 염려한 사형이 주지 추천서를 얻어 주었다. 화공 스님은 그것을 봇짐 밑에 밀어 넣었다. 다른 학인들은 다 쫓겨났지만 화공 스님은 해인사 객실에서 3개월을 버티었다. 결제일 전날 저녁까지도 들어오라는 말이 없었다. 다음 날 결제일 사시 공양을 할 때 한 동자승이 와서 "가사 장삼수하고 방부들이랍니다" 하고 마지막 순간에 기별을 주었다.

강원, 선원 스님들과 어른 스님들이 참석한 해인사 결제식은 삼엄하기까지 했다. 어른 스님이 화공 학인에게 "왜 안 가고 있느냐, 조건부로 방부를 들여주겠다. 추천서를 받아오라"고 했다. 범어사에서 공문을 보내 그렇게 할 수밖에 없다고 했다.

가방부를 받고 다음 날 주지 스님 방으로 가서 세 달 전 받아둔 추천서를 내놓았다. "왜 이제야 내놓느냐" 물어서 "꼭 추천서를 받아와야 하겠습니까. 사람을 보고 받으시면 안 됩니까" 했다.

강원을 졸업하고 내원암으로 돌아와 공부하고 있을 때였다. 하루는 아침 10시경 사시 예불을 하러 나오는데 한 속인이 파자마 차림으로 담배를 피우며 법당 앞으로 가고 있었다. 은사 스님의 활동을 후원하는 회장님이었다. 회장은 주지 스님의 방을 쓰고 있었다. "거사님, 절에서 파자마 바람으로 담배 피우고 다니시면 안 됩니다" 하고 말했으나 대꾸도 않고 걸어갔다. 화공 스님은 거듭 말했다. 회장은 "알았어" 소리치며 담뱃불을 사납게 법당 마당에 던졌다. 부처님 전에서 무슨 무례인가. 스님은 더 이상 참지 못하고 소리쳤다. "너 이놈, 너 거기 서. 너, 돈 얼마 냈어. 내가 돌려줄 테니 가져가."

주지인 사형이 회장에게 사과하라고 해서 "정신 차리시오" 하고 그날로 절을 나왔다. 다른 사형이 "공덕을 쌓는 데는 참선만 한 것이 없으니 선방에 가자"고 했다. 짐을 다 싸들고 함께 해인사 선방에 가려는데 사형이 경봉 스님께 먼저 들르자고 했다. 극락암에서 사형이 먼저 들어가 인사하고 나오더니 혼자 들어가라고 했다. 경봉 스님께 절을 한 번 하고 나니 "너 강백 안 할래? 대강백이 되도록 만들어줄게" 하셨다. 화공 스님은 삼배를 마치고 답했다. "참선을 그렇게 하셨으면서 안목이 없으십니까. 선방에 가려는 신참에게 강백이 되라 하시면 어쩝니까." 노장은 "그래, 잘해봐! 마음이 있으면 언제든지 찾아와" 하고 기백이 시퍼런 젊은 비구를 잡지 않았다.

해인사 용맹정진에 참가하고 있을 때 일본에서 돌아온 은사 스님이 찾아오셨다. 공부하다가 회장 사건을 일으키고 사라진 상좌를 찾아온 것이다. 본인 말대로 "이런 데 찾아올 사람이 아니"었지만 일본에 데려가고 싶어 했다. "이야기 다 들었다. 너는 선방지기가 아녀. 공부할 생각이 있느냐"고 물었다. 있다고 했다.

은사 스님이 말을 던지고 간 뒤부터 선이 되지 않았다. 내원 암으로 돌아와 1976년도에 일본 비자 신청을 했다. 신원 조회를 하던 동래구 관할 경찰이 알고 보니 조카뻘이 되어서 비자가 쉽게 나왔다. 1977년 일본에 들어가 은사 스님이 지은 고려사에서 독경해주고 아르바이트를 하면서 교토 하나조노대학에서 2년, 불교대학에서 4년 수학했다. 대학을 졸업하자 은사 스님은 "사람은 큰물에서 놀아야 한다"면서 미국에 가서 종교 사회학을 하라고 했다. 일본에 처음으로 조계종을 만든 은사였다. 와세다대학 법대 출신 법학도로 종교사회적 개념이나 불교적 사상은 노장이 키웠다. 1983년에 일본을 떠나 미국으로 갔다. 고생이 시작되었다.

로스앤젤레스의 일본인 젠 센터, 뉴욕의 원각사를 거쳐 보스턴에 가서 우여곡절 끝에 은행 융자로 '범어사'를 지었다. 법회를 할 장소가 필요했다. 컴퓨터 회사에서 밤일을 하면서 이자를 갚아나갔지만 이러다가 정착하겠다는 생각이 들었다. 미국에 온 것은 공부하기 위해서였다. 스님은 후임자를 찾아 절을 넘겨주고 조지아주립대학에서 비교종교학 석사를 마쳤다.

다음엔 하버드신학대학에서 종교사회학을 공부하다가 돈이 안 드는 곳으로 학교를 옮겼다. 미국에선 돈이 없으면 안 된다. 그동안 세븐일레븐 계산원부터 별별 일을 다 했다. 미국 젠 센

터에서 배운 목수 일이 큰 도움이 되어 장비까지 갖출 정도의 프로급으로 아르바이트를 했다. 타고 다니는 중고차도 고장이 나면 손수 고쳤다. 몸으로 때우면서 공부를 계속했고 박사과정은 위스콘신대학에서 했다. 미국에서 유일하게 불교학과가 있는 대학이었다. 영주권자는 주립대학에서 3분의 1정도의 학비로 다니지만 1년 이상 주에 거주해야 해서 청문회도 열었다. 6명의 심사위원들 앞에서 공부를 해야 하는 이유를 밝히고 통과되었다. 위스콘신대학 불교학과는 화공 스님의 졸업을 마지막으로 학과가 없어졌다. 직업을 구할 수 있는 학과가 아니었다.

졸업하면서 벨로이트칼리지에서 부교수로 강의했다. 계약직이지만 미국에서 한국인 승려 최초로 대학 강단에 섰다. 뒤에는 필라델피아에 도반의 절이 있어 가까운 메릴랜드의 바닷가에 집을 구하고 법회를 하러 다녔다. 동국대학교 경주캠퍼스에서 글로벌리즘에 맞는 스님을 찾는다며 지인이 화공 스님을 추천했다. 또 사촌 사형 두 스님이 찾아와 은사 스님을 찾아보라 했다. 건강에 문제가 있을 수 있다고. 전에도 교수 제의가 있었지만 한국에 갈 마음이 없었다. 은사 스님과는 사상적으로 달라졌지만 33년의 외국 생활을 접고 이번엔 한국에 들어가보기로 했다.

30여 년간 한국 불교를 접하지 않았던 화공 스님의 눈엔 변모가 한눈에 들어왔다. 부정적으로 변했다. 세속화되었다. 처음에 버스 타고 출퇴근하니 산 곳곳이 파헤쳐 있었다. 불교든 기독교든 "종교가 너무 성한 것은 기현상이다". 무수히 많은 종파들. 옛날엔 대중들이 절에 모여 함께 탁마를 했다. 이제는 스님들이 모여 살지 않는다. 개인 절을 짓지 않으면 살 수 없다. 옛날엔 강원에서 승려의 습의를 익혔지만 지금은 대학 체제가 있다. 종교는 학력을 추구하는 것이 아니지만 승려도 학력이 필요해 불교대학에 다니고 사회적 가치를 익힌다.

절법은 사회법이 아니다. 강원에서 비구계를 받으면 먼저 받은 사람이 형이다. 학교에 와서 전통이 무너진다. 한국 불교의 문화적 맥락이 끊어지는 것은 아닐까. 절에서 세속인들이 사무 보고 시스템은 현대화되었지만 세속 문화가 절집 문화를 바꾼다. 옛날엔 절집 문화가 세속 문화를 가르쳤다.

"일본 불교의 경우 정토종을 보면 계 받고 본사에 가서 반드시 수행해야 한다는 규정이 있어요. 한국 불교엔 비구계 받고 어떤 규율도 없어요. 각자의 선택으로 선방 가고 공부하고 사판하지만 소사이어티란 개념이 없어요. 각자 토굴 짓고. 한국에 처음 나와 무당이 많은 걸 보고 또 놀랐어요. 요행을 바라는 사람이 많다는 얘기 아닙니까. 불교는 어리석음에서 깨어나는 종교예요. 불교든 기독교든 잘못 가르쳤어요. 우리 스님들은 무얼 가르쳤나."

사회학 측면에서 바라본다면 불교는 사회운동이다. 화공 스님은 2014년에 펴낸 저서 『유마경과 이상향』에서 불교의 종교사회학적 측면을 강조했다. "붓다의 제행무상諸行無常과 제법무아諸法無我의 가르침은 카스트제도의 근간을 이루는 아트만(자아의 본질, 영혼) 사상을 근본적으로 부정하는 문화 혁명이었다." 이 세상에 영원히 변치 않는 것은 없으며 태어나면서부터 정해진 운명을 살아야 할 주체(영혼, 자아)도 없다는 것. 카스트라는 고정관념의 허구를 밝힘으로써 인류 최초의 노예해방을 일으킨 개념이다.

기원전 15세기~13세기경 인도에 침입한 아리안족은 4성 계급제를 만들어 자신들을 최고 브라만 계급으로, 원주민들을 최하층으로 분류하여 지배하고 불변의 신분으로 설정했다. 브라만교(현 힌두교)를 바탕으로 하는 인도 계급사회에 반기를 들고 인도 문화의 뿌리를 부정했기에 불교는 13세기 초에 인도 땅에서 사라진다.

붓다는 깨달음을 얻은 뒤 삼법인三法印(제행무상, 제법무아, 열반적정)의 진리와 연기법 등을 설하고 최초로 제자가 된 다섯 비구와 60명의 샤카釋迦족 출가자들이 각자 법을 전하도록 멀리 보낸다. 뭇사람이 평등하다는 것을 알리러 나가라, 운명으로 태어났다고 생각하는 사람들을 깨닫게 하라, 깨닫기만 하면 당신도 고통에서 헤어난다는 것을 가르쳐주라고. 당시 성문들의 편력 유행은 중생 구제의 활동이었다.

"붓다의 법을 따르는 승려는 수행자이기 전에 먼저 성직자로서 사회를 맑혀야 해요. 사회성을 망각하면 안 돼요. 한국 불교에선 선을 최고를 치지만 수행은 개인적인 것입니다. 자신의 문제예요. 한국 불교기 양직으론 성상했으나 질적으로 바라보니 중생 구제를 안 했어요. 문화사적으로만 발달하고 교리적으로 후퇴했어요. 초기 불교 승려들이 여기저기 돌아다니며 했던 일은 민중들을 일깨우는 거였어요. 가르침이 주가 되어야 해요.

경제가 제일이 아닙니다. 지혜롭게 살면 만족할 줄 안다는 걸 알려주고 싶어요. 얼마 전 한 종교학자가 쓴 글을 본 적이 있는데 선과 악을 말하면서 착한데 못사는 사람이 있고, 악한 데 잘사는 사람이 있다고 비유해요. 인과응보란 그런 게 아니에요. 그건 마음의 개념이지 물질의 개념이 아니에요. 부는 기술을 익히거나 그쪽으로 머리를 쓰면 얻을 가능성이 열려요. 잘산다는 걸 물질로만 보면 재벌 회장이 왜 자살하겠어요. 잘산다는 걸 물질로만 보면 승려들같이 불행한 사람이 어디 있습니까. 세상을 바라보는 이 자리가 환한 것이 깨달음의 세계예요. 내가 익히고 배운 걸 중심으로 가치판단 일으키는 어리석음이 지혜로 바뀌는 거죠. 깨달음이란 현상세계가 달리 보이는 것이 아니라 내 마음의 상태가 변하는 것이에요.”

사바세계란 참고 견디지 않으면 살아갈 수 없는 세계를 말한다. 천재지변, 길흉화복은 언제든 찾아오고 나가지만 주인공이 중생이다 보니 고통스럽다. 중생인 우리는 무엇으로 고통 받나? 고통의 주체는 마음이다. 인도인들은 마음의 형태를 관했고, 불교는 마음을 연구한 것이다. 시시각각 변하는 내 마음의 진정성은? 견성見性이란 마음을 들여다보고 어디로 향하고 있는지 원인 구명하여 번뇌를 정화시키는 것. 우리 마음속에 온갖 번뇌 망념이 파도처럼 일렁이는데 탐욕, 분노, 어리석음이라는 원인을 제하니 실체가 없는 공空이더라. 무어든 담을 수 있는 장이더라. 그것이 여래장如來藏이다. 심즉불心卽佛. 인간의 마음이 곧 부처이니 둘이 아니다. 한 발을 내딛음으로써 깨달음의 세계로 나아간다. 즉사이도卽事而道다. 번뇌즉보리煩惱卽菩提, 번뇌가 곧 깨달음이다.

즉卽은 불가분의 세계. 화공 스님은 상좌가 생긴다면 즉 자를 넣어 법명을 지어주리라 생각할 만큼 즉 자를 좋아한다. 지혜의 무경계를 보여주는 문자가 아닌가. 내가 한 발자국만 넘어서면, 스스로 원인을 제거한 순간 현실 세계가 바로 이상 세계다. 이것이 『유마경維摩經』의 기본적 가르침이라 저서에 '유마경과 이상향'이라 제목을 붙였다. "중생이 아프니 내가 아프다"고 했던 유마 거사는 "사바세계에서 고뇌하지 않고도 살아갈 수 있는 불국佛國이라는 나라를 경영하는 보살"이다.

작가의 체험과 사상이 글로 나오듯 화공 스님의 체험과 사상이 『유마경』 강설을 택한지도 모른다. 한국에 나와서 적나라하게 본 사바세계. 원리 자체를 무시하는 사회에서 고통을 겪었지만 "직심直心이 정토淨土"라는 『유마경』 구절을 명상했다. 사바세계가 얼마나 삐뚤어져 있으면 곧은 마음을 가지는 것 자체가 바로 정토(부처가 사는 청정한 국토)라고 할까. 중생이 얼마나 왜곡되게 살면 직심의 소유자가 바로 보살이라고 할까. 붓다의 가르침대로 실천하는 무대가 이 현실 세계니 곧 정토요 불국토라 했다.

혼히 민주주의를 다수결과 연결시키지만 진정한 민주주의는 다수라는 양이 아니라고 스님은 강조한다. 민주주의는 다수가 아니라 옳은 길로 가는 것이다. 집단이 개인에게 작용하는 힘이 개인이 집단에 미치는 영향보다 더 크게 작용할 때 그 사회는 하강이나 타락이 일어난다고 한 슈바이처의 말을 경청하자고.

역사상 사회를 변화시킨 것은 개인이었다. 붓다와 같은 깨달은 자가 그러했고 코페르니쿠스, 에디슨이 그러했다. 평생에 걸친 스스로의 고행 수행, 연구는 개인의 힘으로 이루어진다. 대중으로서는 이룰 수 없다. 이것이 무시당하면 적신호다. 집단의 영향이 막강했던 신본주의 시대에 지동설을 지지한 철학자는 화형당하고 갈릴레오는 종교재판을 받았지만 인본주의로 변해갔다. "깨어난다는 것은 얼마나 중요한가!"

함께 청강했던 허만욱 교수는 화공 스님의 62세 생신에 족자에 그림을 그려 강의실 칠판 옆에 걸어 놓았다. 베레모를 쓴 화공 스님이 맨발로 지구의 위에 서서 한 팔을 들어 검지로 하늘을 가리키는 모습이었다. 부처님이 태어나서 일주일 뒤 외쳤다는 천상천하유아독존을 상징하는 모습이었다. 절묘한 선물이었다. 인간으로 태어났기에 깨달을 수 있는 혜택을 누구보다 감사한 사람이 화공 스님이 아닐까. 사람을 만나도 칼같이 일어나 공부하는 제자리로 돌아가는 수행자.

승려 사회에선 흔히 학승, 선승으로 나누고 화공 스님은 학승으로 불린다. 공부 많이 하기로는 대한민국 승려 몇 사람 안에 들지만 자신을 학승으로 가르는 것도 마뜩지 않다. 불교는 기술을, 학문을 익히는 직업이 아니다. 명상을 하지 않고는 증득證得할 수 없다. 명상도 교리 공부를 기본으로 해야 올바른 길로 가는지 아닌지 안다. 문제가 생길 때도 명상에 의해 원인을 추적하고 분석한다. "인생이란 습관이란 실로 짠 옷"이라고 어느 철학자가 말했나. 화공 스님은 명상할 때 가식의 옷인지 내면세계의 옷을 살핀다. 잘못된 습관이 보이면 고친다. "고쳐나가는 것이 수행이다."

4년 동안 1년에 2번씩 미국과 한국을 오갔으니 화공 스님은 태평양을 16회 오갔다. 16번 동안 비행기에서 단 한 번도 화장실에 가지 않고 13시간씩 자리를 지켰다면 놀랄 만하다. 승복을 입고 좁은 통로를 오가는 것이 다른 사람을 불편하게 하는 것 같아서다. 채식만 하니 먹을 것이 한정돼 있지만 식사도 자제하고 물도 커피도 마시지 않는다. 한번은 옆에 앉은 아주머니가 수시로 들락거리다가 갑자기 몸을 뒤틀며 거의 비명에 가까운 소리를 내질렀다. 스님이 놀라서 쳐다보니 "한 번만 움직이세요" 했다. 사람인가? 하는 표정을 지었을 것이다.

"미안합니다" 스님은 허리도 아프지 않았고 다리도 불편하지 않았다. 예전에 요가를 했지만 그 정도는 조절할 수 있다. 드문드문 명상을 하면 비행기 좌석도 무정설법無情說法을 들려준다. 외국에 오래 나가 있으면 고향 상실자라고 하지만 정작 고향을 잃어버린 사람들은 희로애락으로 마음이 분주한 사람들이 아닐까. 물질의 세속에 집도 절도 없는 아웃사이더지만 화공 스님은 갈 곳이 있다. 붓다의 가르침, 그 고향.

위스콘신대학 시절 스님은 나이아가라 폭포에서 좀 떨어진 동네에서 살았다. 하루는 새벽에 집을 나와 폭포 쪽으로 걸어갔다. 논문을 쓸 때였지만 학비도 없고 집세 낼 돈도 없어 암울

했다. 우는 아이 젖 준다지만 화공 스님은 우는 아이가 아니었다. 더 이상 노력할 길이 보이지 않으니 할 일을 다했다는 생각이 들었다. 생을 마쳐도 될 것 같았다.

폭포 가까이 걸어갈수록 가슴을 에는 듯한 소리가 들려왔다. 그토록 슬픈 소리는 들어본 적이 없었다. 누굴까. 나보다 더 슬픈 놈이 있네. 나이아가라 폭포에 거의 다가갔을 때야 그 슬픈 놈이 누구인지를 알았다. 그건 지구가 우는 소리였다. 나이아가라 폭포처럼 무섭게 때리는 소리가 세상 어디 있을까. 아픈 지구가 흐느끼고 있었다. 자신보다 더 슬픈 지구 앞에서 수행자는 가만 돌아섰다.

산천초목도 한다는 무정설법이었다. 명망 있는 선사를 시험하러 갔다가 도리어 당하고 정신없이 말을 타고 가다 계곡의 물소리에 돌연 깨달아 오도송을 읊은 소동파. 절망적으로 갈구한다면 깨달음을 얻으리라. ✸

두 스님 사이에 피어난
법연의 만다라

덕민 스님과 종표 스님

삼라만상 모든 것이 공이고 몸까지도 내 진면목의 아바타다
해와 달 나무 물 모든 것이 아바타다
빛이 거꾸로 쏘아대는 현상 같은 나의 환영이다

두 스님 사이에 피어난
법연의 만다라

―덕민 스님과 종표 스님

새해 인사 드리러 간 덕민德旼 스님의 방엔 때 아닌 연분홍 꽃이 난만했다. 열대 다육식물이라는데, 잎이 두껍고 육질이 많은 비취색 잎은 옥 같았다. 청화백자 화분에 굵은 줄기를 뻗고 옥에 꽃을 피운 모양이 바로 만다라였다. 향기 있는 꽃은 빨리 스러지나 향기가 없는 꽃은 오래간다고 한다.

"겨울에 피는 만다라야.『장자』에 나오는 고목 같잖아."

식물이 육중하여 과연 고목 같다. 혜자는 자기가 가진 가죽나무가 크지만 줄기가 뒤틀리고 옹이가 많아 쓸모없다고 장자의 철학에 빗대어 말했다. 쓸모를 따지면 큰 것을 보지 못한다. 들판의 나무 아래로 사람들이 한가로이 오가며 그늘에서 쉬지 않는가, 장자는 반문했다.

덕민 스님의 다육 나무 아래에도 부엉이 몇 마리가 화등잔 같은 눈을 뜨고 앉아 있다. 밤눈이 밝아 지혜를 상징하는 동물인데 눈이 밝아질까 싶어 부엉이를 모아 둔다고 하신다. "부엉이가 어둠을 밝히려고 잠을 안 자니 나도 잠이 안 와."

책장 위에는 동자상이 한 팔을 얼굴에 고인 채 삼매에 들어 있다. 덕민 스님을 닮았는데 어느 조각가가 만들어 가져온 자화상이다. 13세에 동진 출가한 덕민 스님은 어릴 때 저렇게 "낭창하게" 생각에 잠겨 있다가 큰스님에게 맞았다. 『초발심자경문』에 '여자를 독사처럼 피해 다니라'는 말이 이해가 되지 않아서였다. "겨드랑이에 털도 나지 않을 땐데 어떻게 알겠어. 사춘기를 그런 식으로 보내니까 내가 비정상적이야." 그 생각에 고민을 많이 하여 여자에 대해 늘 부정적이었지만 칠순이 된 지금에야 벌써 건너온 강이다. "꼭 경험해봐야 아나, 중생은 모든 걸 해봐야 알지만 스님은 달라."

좌탁이 놓인 크지 않은 방은 동자상과 새끼 품은 부엉이와 만다라 꽃으로 풍요롭기만 하다. 있는 자리가 화엄불국이 아닌가. 불국사 아니라 "아파트에 산다 해도 좌청룡 우백호. 토함산이 방 안에 다 들어앉아 있어". 화엄경의 이치란다. 작은 것에 큰 것이 들어앉아 자유스럽다. 털구멍 하나에 삼천대천세계가 들어가도 늘어나지 않고.

종단에서 대강백으로 꼽히는 덕민 스님은 스스로 말하듯 유불선 삼교를 다 본 사람이다. 어릴 때도 사범학교니 출세니 하는 부모의 바람이 성에 차지 않아 범어사 동산 스님 상좌였던 외삼촌을 따라 출가했다. 『천수경』을 하루 만에 외웠을 만큼 절 생활에 신명이 났지만 호기심이 많아서 4권짜리 박종화의 『삼국지』를 읽고 이름을 다 외워버렸다. 지대방에선 모두 이야기를 풀어내는 상좌 덕민의 입만 쳐다보니 노스님이 군불 때는 아궁이에 『삼국지』를 집어던졌다.

문청 기질은 시에 눈을 뜨게 했다. 스님은 한하운의 「전라도 길」을 줄줄이 외웠다. 시 「관세음보살상」에서 "돌이/ 무심한 돌부처가/ 그처럼/ 피가 돌아……" 같은 시구는 불경보다 훨씬 절실했다. 사춘기 때 도연명의 시가 가슴에 들어왔다. 이원섭 번역 『두보시선』을 이어 읽었는데 두보의 우울증과 슬픔, 노스탤지어가 가을바람처럼 서늘하게 감겨왔다. "또 국화는 피어 다시 눈물 지우고"라는 시구는 "내 눈물을 받아먹고 국화꽃이 피었네"로 번역했다. 군대에선 서울법대 출신 사병에게 영어를 배워서 서구 단편소설집 55권을 원서로 읽었다. 일본어 공부로 읽은 가와바타 야스나리까지 합쳐 15세부터 쌓은 문학적 교양이 인성의 한 층을 이루었으리라.

20대 후반 법주사에서 교무국장 소임을 맡을 때 강의를 시켰다. 『금강경오가해』와 선시 등을 해석하는데 가사만 알지 리듬을 몰랐다. 절 글만 가지고는 안 되겠다는 생각이 들었다. 이어 서울고전연구원에 들어갔다. 임창순 선생이 『시전』 강의를 깔끔하게 잘했다. 공부 문제는 계속 숙제로 남아 두보 율시를 들고 전공 박사를 찾아다녔다. 곡강이수曲江二首에 대해 물어도 시원한 답을 얻지 못했다.

물어물어 합천 초계로 찾아간 유학자는 추연秋淵 권용현 선생이었다. 선생을 뵌 첫날 방에 쌓인 먼지가 눈에 들어왔다. 30세의 덕민 스님이 방에 청소가 안 됐다고 말하니 75세의 유학자는 "깨끗한 건 알아도 더러운 건 모르네" 하셨다. 뒤통수를 한 대 맞았다. "더러움 속에 깨끗함이 있는데." 선생은 후중厚重하고 덕민 스님과 서로 인품이 맞았다. 유학자 집에 머물며 공부하는 제자들이 『논어』 『시전』 『서전』 『주역』 글을 읽는데 "사람 되는 공부가 여기 있구나" 하고 알았다.

"내가 무식한 걸 그때 알았어. 고전을 읽지 않으면 뿌리가 없어.”

『논어』를 거쳐야 하되 『논어』를 배우려고 선생 곁에 머문 것은 아니었다. 하루는 며느리에게 선생님이 좋아하는 음식이 무엇인지 물었다. 육회라고 했다. 날을 잡아 합천 시장에 가서 푸줏간을 기웃거렸다. 출가하고 그날까지 고기를 입에 대본 적이 없지만 스님은 신선한 고기 몇 근을 육회감으로 만들어 왔다. 절에서 공양 준비도 해봤기에 사온 배를 채 썰어 참기름과 함께 생고기에 버무리고 육회를 만들었다. 조니워커도 준비했다.

정성을 다했기에 선생님은 제자가 흐뭇할 정도로 잘 드셨다. 막걸리만 마시다 양주를 마시니 신선놀음이었다. 스님은 때를 보아 두보 율시를 꺼냈다. 합천 초계까지 온 것은 두율을 배우기 위해서였다. 선생의 남다른 해석은 스님의 체증을 풀어주었다. 선생은 9세 때 읽었다는 두율을 그때까지 기억하고 『장자』도 다 외우고 있었다. 덕민 스님은 두율을 가르쳐주십사 청했고 대신 매일 한시를 지어 바치기로 했다. 그 뒤로 은행나무 아래서 두율을 배우고 선생은 스님이 바친 한시를 고쳐주기도 했다. 이렇게 시작된 공부가 선생이 돌아가실 때까지 15년간 이어졌다. 90세의 유학자는 스님 제자의 손을 잡고 눈을 감으셨다.

인생의 완숙기에 또 다른 스승을 만나 고진이란 양식을 쌓았으니 부처님 가피가 아닌가. 받은 것은 물려주어야 한다. 덕민 스님은 물론 상좌 현학(현 연지암 주지)을 독서종자讀書種子로 만들 생각이었다. 5세 때 스님의 입만 보고 『명심보감』을 외울 만큼 영특하여 노자가 좋아하는 현玄 자를 넣어 법명을 지었지만 청소년이라 기다려야 했다. 1990년대 쌍계사 강원의 학장으로 학인들을 가르칠 때 한 젊은 수좌가 덕민 스님의 눈에 꽂혔다. 괴상한 선승이었다. 17세에 화엄사에 출가하고 19세에 이미 한소식 했다는데 선방에 20년째 오가고 있었다. 구산 스님에게 법거량法擧量하다가 맞기도 했고 눈에 보이는 여자마다 거침없이 뽀뽀를 했다.

덕민 스님이 보니 "왕싸가지"였지만 선승의 눈에선 광채가 났다. 154센티미터의 작은 키에도 힘이 장사라 갈비 24인분을 한자리에서 먹어치웠다. 작은 거인 같았다. 양산박이지만 탈속적이었다. 머리가 수재고 천재였다. 저놈에게 경전을 읽히고 독서종자를 만들면 어떨까. 탁구를 다잡으려고 중이 신진공고 탁구부에 합숙까지 했다니까 집중만 하면 될 것 같았다. 선을 한답시고 으쓱거리니 공부하라고 하면 술찌기 같은 거라고 콧방귀를 뀔 것 같았다. 만만디로 나가야 했다. 혼자만 생각했다.

"사람을 키우려면 천기누설을 안 해야 해."

종표 스님과의 인연은 탁구로 다져졌다. 쌍계사와 화엄사가 가까워서 화엄사 스님들이 자주 놀러 왔다. 종표 스님의 사형 스님들은 덕민 스님과 도반이었다. 덕민 스님을 자주 보니 유머가 있고 재미있었다. 만만치도 않았다. 낯을 가리는 형이지만 노인에게 잘 대했다. 유학을 해서 그런지도 모른다. 초계에서 공부한 것도 알고 있었지만 묻지 않았고 관심도 없었다. 당시엔 선 우월주의가 있어서 책상 공부는 안중에 없었다.

하루는 보니 덕민 스님이 다리에 붕대를 감은 채 노천에서 탁구를 치고 있었다. 넘어져서 살점이 떨어졌다는데도 찌그러져가는 탁구대에서 탁구를 즐겼다. 나하고 한번 치자고 종표 스님이 끼어들었다. 덕민 스님은 1만 원을 내밀면서 걸라고 했다. 고수인 종표 스님은 15개를 핸디캡으로 주었지만 덕민 스님이 하지 않았다. 종표 스님은 "빳다" 잡는 법부터 폼까지 가르쳐주고 20만 원을 벌었다. 그 뒤 매일 구례로 나갔다. 한화플라자에 탁구대가 있었다.

전쟁이 시작됐다. 덕민 스님은 강사 월급을 종표 스님에게 다 바쳤지만 "저놈을 죽여야겠다"는 생각으로 코치 둘을 상좌로 두었다. 나이 오십이 넘어서 드라이브를 걸면 숨이 차서 받았지만 생각은 상수上手였다. 덕민 스님은 쌍계사에 탁구대를 만들었고 종표 스님은 점심 공양만 하면 매일 쌍계사로 출근했다. 5년간 눈이 오나 비가 오나 매일 갔다. 핸디캡이 6개까지 내려갔지만 덕민 스님은 5개도 극복했다. 순전히 이기기 위해 탁구를 연구해서 수비가 좋았다. 공이 나타나면 쳐내버렸다. 하루는 종표 스님이 탁구를 치다 말고 배가 아프다고 화장실에 가서 나오지 않았다. "열성 같은 스매싱에 오징어가 될 것 같아" 꼬리를 내린 거였다. 우주를 삼키는 기세였다. 운동한 적도 없는 덕민 스님이 범어사 시절까지 합쳐 10년간 탁구를 치자 5번 척추에 협착증이 왔다.

탁구와 함께 덕민 스님에게 더 매료되었다. 인간적이면서 초월적인 두 가지 면을 겸비하고 있었다. 글 짓고 상량문을 짓고 선지식들과 어울리는 건 봤지만 그냥 강사가 아니었다. 선방에 다닌 것도 아닌데 이 양반이 보통이 아니었다. 선의 경지와 학문이 통한다는 걸 알았다. 저 인품과 풍류가 학덕에서 나온 거였다. 학덕을 갖추어야겠다는 생각이 들었다. 함께 사우나에 가서 "유불선이 통한다는데……" 하고 종표 스님이 묻기 시작했다. 공부에 관심이 가서 혼자 치문緇門을 읽으니 내용이 좋았다. 아침 7시부터 11시까지 하루 4시간씩 읽고 1년에 1천 독을 마쳤다.

화엄사에서 총무 소임을 보라고 했다. 사판事判을 하라니 공부와 인연이 없구나 했다. 다행히 소임은 주지 스님과 견해 차이로 1년 뒤 그만두었다. 그즈음 화엄사 강원의 강사가 나가버려서 종표 스님이 3년간 치문반과 사집반 강의를 맡았다. 『선요禪要』를 읽었고 또 1천 독을 했다.

1999년에 덕민 스님이 범어사로 가셨다. 종표 스님은 강사로 주 5일 근무하고 금요일 아침 강의가 9시에 끝나면 범어사로 갔다. 덕민 스님은 범어사에도 탁구대를 만들어서 핑퐁이 거기까지 이어졌다. 금요일부터 이틀 밤을 학장님 방에서 함께 자고 일요일엔 차 마시고 나가서 영화를 보았다. 아이엠에프IMF 위기가 배경이 된 이미숙 주연 영화 〈베사메무쵸〉를 보고 훌쩍 울다가 불이 켜져서 둘러보니 영화관엔 두 스님과 아주머니 두 사람만 있었다. 마지막 상영 영화였다. 학장 스님을 모셔다 드리고 밤 12시에 범어사에서 출발하면 새벽 3시에 화엄사에 도착했다.

한번은 운전석 위에 책이 1권 놓여 있었다. 명나라 때 감산 대사가 지은 『장자 선해』였다. 학장 스님은 읽으라 마라 말이 없었다. 치문과 선요를 다 읽었으니 『장자』를 볼 수 있었다. 처음 엔 잘 몰랐지만 읽다보니 점점 빠져들었다. 『장자』 내편은 1천 독, 노자 『도덕경』은 5천 독까지 했다. 오직 내용이 좋아서였 다. 덕민 스님은 "걸려들 줄 알았다" 했다. 2003년부터 2007년 사이 4년간 긴 공부를 했더니 거기서 1차로 힘이 생겼다. 5년 차 공부하니 쉬워졌다. 물리가 트이기 시작했다.

덕민 스님은 2002년에 불국사 강원의 강주로 가셨다. 종표 스님도 화엄사 강원이 안정되어 사표를 쓰고 암자로 올라갔다. 탁구 파트너로 시작하여 10년간 붙어 지냈지만 불국사로 가시 고부터 1년에 2번 만났다. 본격적인 공부는 이때부터 했다. 매 주 월요일 한 번씩 전화해서 모르는 것을 질문하면 1시간은 기 본이고 2시간도 그냥 지나갔다. 긴 전화 수업으로 덕민 스님 은 이명증까지 생겼다. 이어 사서四書『논어』『맹자』『대학』『중 용』을 했는데 『논어』 3권 중 1권을 할 무렵 "똑딱승 소리가 날 때가 됐다"고 덕민 스님이 말했다. 『논어』에서 토가 떨어지고, 읽는 것이 슬슬 쉬워지면서 묻는 횟수가 줄어들었다.

경전에 관심이 없었던 선승이 45세부터 이렇게 공부에 빠졌다. 인물을 하나 만났다. 연세가 많으니 형님이며 지기지우고 스승이다. 학장 스님이 좋아 공유를 하고 싶어서 시작된 공부였다.

"짜리몽땅한 사람이 아만심이 많아 누구도 좋게 평가하지 않았는데, 몬스터 형님이 등장하여 행동도 사람도 변했다. 학장 스님처럼 학덕을 갖추고 싶다. 우리는 무슨 꿈이 없다. 과거 시험 볼 마음도 없다. 급할 일이 없다. 죽을 때까지 할 뿐이다."

종표 스님은 19세에 무無 자 화두로 확연히 깨쳤다고 한다. 자신이 몰랐던 이치가 터졌다. 삼라만상 모든 것이 공이고 몸까지도 내 진면목의 아바타다. 해와 달, 나무, 물, 모든 것이 아바타다. 빛이 거꾸로 쏘아대는 현상 같은 나의 환영이다. 나라

고 내세울 것이 없으니 자기 아바타를 보고 "얘, 내가 낫지?" 할 수는 없다. 가질 것도 없고 줄 것도 없다. 애착할 것도 없다. 죽고 사는 것도 없어졌으니까.

"나 자신이 확고한 것이 있었다. 틀을 보았다. 뒤에 생각하니 일종의 하드웨어다."

그 뒤로 특이한 행동이 과감하게 나왔다. 해인사 선방에서 점심 공양 뒤 산책할 때 지나가던 여자들에게 다 뽀뽀를 했다. 1978년에 향곡 스님이 돌아가셨을 때도 문제를 일으켰다. 선원 강원 스님들이 버스 두 대로 문상 가는데 종표 스님이 탄 버스에 큰스님들이 계시고 안내양도 있었다. 안내양은 분위기를 살린다고 마이크를 잡고 말했다. "재미있게 놀려면 노래도 하고 뽀뽀도 해야지" 하고 종표 스님은 나가서 안내양에게 뽀뽀하고 가슴도 만졌다. 스스로 말하듯 "몬스터였다. 나이 어린 놈이 건방진 행동을 하니" 순간 차 안이 적막강산이 됐다. 안내양은 울고불고, 그날 난리가 났다.

기행은 계속되었다. 그렇게 해도 자유로워야 된다고 믿었다. 너와 내가 둘이 아닌데 입을 못 맞출 게 뭐 있느냐. 왜 둘이 있는 데서만 뽀뽀를 해야 하느냐. 남이 보는 데서 해도 된다.

본래의 그런 자린데 왜 비밀로 하고 꾸며야 하나. 종표 스님에게 그것이 자연스러웠지만 경허 스님이 두들겨 맞았듯이 맞아야 했다.

우주는 하나다, 천지가 내 집이니 아무 데서나 자도 되지만 남의 집에서 자다가 쫓겨나기도 했다. 시장 바닥에서 오줌도 싸봤다. 부처가 없는 데가 어디 있냐. 있으면 내가 오줌 싸겠다. 이런 마음이었다. 어떻게 살아야 된다는 것이 없었다. 그때 생각이라면 살인 강간을 해도 다 맞는 거였다. 거칠 것 없는 무애無碍였다.

그것도 과정인가. 뒤에 보니 그것도 조작이었다. 안 해도 되는데 평지풍파를 일으키니 도덕적으로 마음에 걸렸다. 깨달음이 독특한 견해를 낳았지만 양심이라는 것이 있어서 종표 스님은 늘 걸렸다. 마음속에 가시 같은 것이 걸려 있었다. 깨달았다는 사람의 삶이 왜 이래! 양산박으로 개판으로 살았는데 도를 알았다는 사람이 왜 이럴까? 청년기에 참선해서 크게 바뀌었지만 선할 때 못 느낀 것을 노자를 읽으면서 큰 줄기가 또 한 번 잡혔다. 올라오는 것이 없어졌고 자질구레한 것들이 사라졌다. 주위에서 "종표가 변했다"고 했다. 그런가? 남은 몰라도 자신은 못 속인다. 아직도 가시 같은 것이 속에 숨어 있었다.

『장자』를 끝내고 『논어』로 들어갔다. 제5장 공야상公冶長에서 안연과 자로와 공자의 대화에 눈을 떼지 못했다. 공자가 너희들의 희망을 말해보라 하니 자로는 수레와 준마와 가죽옷을 친구들과 공유하고 싶다고 했다. 안연은 선함을 자랑하지 않고 남에게 수고로움을 끼치지 않기를 원한다고 했다. 자로가 공자의 원을 듣기를 청하자 공자가 말씀하셨다. 노자안지老者安之 붕우신지朋友信之 소자회지少者懷之.

"어른은 공경하여 편안하게 하고 친구에게는 믿음을 주고 아랫사람은 품어준다. 이것이 유교의 진리다. 평이한 말 같지만 엄청난 힘이 있는 소리다. 여기서 내 문제를 다 해결했다. 어떻게 살아야 한다는 걸 알아버렸다."

길을 찾는 데서 간단한 것을 놓치고 종표 스님은 20년 이상을 헤맸다. 그동안 방황한 것이, 노자에서도 다 풀리지 않은 것이 『논어』를 공부하면서 정리됐다. 불교의 공空 사상이 하드웨어라면 유교에서 말하는 것은 소프트웨어다. 세월호의 죽음에 전 국민이 슬퍼하며 장례식에 참석한 것은 우리 속에 내재된 인仁 프로그램이다. 유병언에게 분노하는 것은 내재된 의義 프로그램이라고 종표 스님은 설명한다. 불교에서 말하는 보시도 인仁이요, 인욕忍辱은 예禮다. 원래 프로그램대로 살면 우리는 부처다. 프로그램이 자연스럽게 나오면 부처요 성자고, 노력하면 군자요 보살이다. 프로그램이 나오지 않은 것은 업에 가려서일 뿐.

한소식 뒤의 기행도 역발상을 해야 했다. 그것이 정견正見이다. 20년 뒤에 보니 부처님 경전에도 나와 있었다. 모든 곳에 부처가 있다면 최대한 조심해서 화장실도 한군데 정해 볼일 보는 것이 맞다. 일체가 부처라면 나도 너도 부처니 여성들에게 무슨 딴마음을 품겠는가. 수치심이 없으면 동물이다. 예라는 소프트웨어가 필요하다. "예가 아니면 보지 말고 듣지 말고 움직이라 말라" 했던가. 이것이 생활에 스며들어야 한다. 종표 스님은 만사가 편해졌다. 더 이상 실수를 하지 않는다.

전에는 잘 차린 여자가 가면 눈길이 따라갔다. 보기가 좋으면 저절로 고개가 돌아갔고 그런 자신이 불만이었다. 성적인 무엇이 아니라 아름다움에 대한 본능적 반응이었다. 옆에 앉은 80세 사형 스님과 긴 머리가 예쁘다고 말하기도 했다. 7년 전 『논어』를 공부하고부터 아름다움도 스님과 관계없다. 더 이상

관심이 안 가니 고개도 돌아가지 않는다. 사형 스님이 너의 변화에 대해 설명해달라고 했다. "미인은 미인이다, 당신이 미인이지 나와는 상관이 없다"고 말해주었다. 여자의 몸도 공이고 가짜라는 걸 알지만 옛날엔 가시 같은 것이 올라왔다. 지금은 어떤 여자를 봐도 편하다. 구질구질한 번뇌가 사라졌다.

"원석이 갈고닦이질 않았다. 절탁은 됐지만 마磨가 안 됐다. 학문도 못 갖추고 소프트웨어가 모자랐다."

덕민 스님에게 감화받아 유불선 삼교를 섭렵한 종표 스님은 하드웨어에 가까운 불교만 해서는 프로그램을 설명하기 어렵다고 생각한다. 일체 모든 존재의 본질은 고정된 실체가 없고 텅 비었다는 진리는 말로 하기엔 오묘하다. 중국 문자는 3천 년 전부터 쓰였지만 공자가 토대를 만들었고 그 후대가 『논어』 『맹자』를 섭렵해서 갖추어졌다. 불경 번역도 그 뿌리에서 나와서 『논어』 등 유교 경전의 비유가 있다. 선禪에서 불립문자를 말하지만 글을 모르면 어떻게 법을 전하겠는가.

종표 스님은 거경궁리居敬窮理에 대해 자주 말한다. 경敬에 머물고 사물의 이치를 궁구하라. 경은 우리가 천지로부터 태어날 때 가지고 온 프로그램이라 인류가 다 갖추고 있다고 일러준다. 일체가 부처니 경에 머문다. 경은 고정된 것이 아니라서 사물의 이치에 맞추어 노인은 공경하고 친구에게 신의를 지키고 아랫사람은 감싸준다. 지금 종표 스님에게 『맹자』 강의를 듣는 현학 스님이 질문했다. "경이 어떻게 항상 유지됩니까?" 종표 스님은 답했다. "사상四相(아상我相, 인상人相, 중생상衆生相, 수자상壽者相)이 무너져야 한다"고. 젊은 현학 스님은 눈물을 흘렸다. 그만큼 고뇌를 많이 했기에 종표 스님의 말을 제일 잘 알아들었다. "너는 나를 의심하지 말라. 유가는 꿰뚫었다"고 했다. 공자가 말한 "오도일이관지吾道一以貫之"였다. 종표 스님도 오십에 천명을 알았다.

종표 스님은 지난해 하안거가 끝나고 두보 율시를 시작했다. 사서를 끝내자 덕민 스님은 삼경은 혼자 읽으라 했다. 그렇게 했다. 두율은 승가에서 경허 스님 이후 공부가 끊겼지만 덕민 스님은 초계에서 배웠다. 56자가 1수인데 종표 스님은 2개를 가지고 매일 4시간씩 일주일 공부한다. 20수를 했지만 역사와 전설까지 나와서 너무 어렵다. 이름과 지명 같은 대명사를 동사로 새기고 흰머리가 나올 지경이다.

시 본문을 해보니 해석이 다르고 두보가 환생한 것 같다. 아름다움과 슬픔이 다 들어 있어 감정이 풍부하다. 『시경』은 외워도 덤덤하고 감동이 없었지만 두율은 세포 하나하나 진동을 느낀다. 가슴이 따뜻해야 비애감을 알고 다양성에 대한 대비도 있어야 한다. 한문과 사상과 운도 알아야 하기에 저장 용량이 많아야 한다. 단순 세포는 머리가 아파서 두율을 못한다. 두율을 알아갈수록 인간이 어떻게 이런 말을 하나 감탄하고 신비를 느낀다. 옛날에 짝사랑한 사람을 만난 듯이 불이 붙었다.

종표 스님은 늘 그렇듯 아침 7시부터 11시까지 독서삼매에 빠진다. 눈을 감은 채 외운다. 이제는 다니는 것에도, 사람 만나는 일도 관심이 없다. 예전엔 사진도 많이 찍어서 앨범이 7권이었지만 다 태워버렸다. 한때 오디오에 빠졌으나 음반도 다 넘겼다. 신선놀음 같은 차茶도 그만두었다. 폼생폼사는 다 버렸다. 경전과 학문을 하면서 현학 스님 같은 장수감들을 골라 공부시키는 것이 유일한 바람이다. 포교할 수 있는 인재를 기르는 것 또한 포교이나 숨어서 양성하고 싶다. 세상에 드러나는 것이 의미가 없다. 천지자연의 프로그램대로 사는 생활 자체가 포교가 아닐까. 육바라밀(보시, 지계, 인욕, 정진, 선정, 지혜)이란 프로그램을 올바르게 쓰는 부처의 제자라면.

문자를 외면하다 치문에서 사집, 노장에서 사서삼경, 두율을 1천 독 5천 독 하며 본래 자리를 찾았으니 금생에 태어나서 이런 일은 없었겠다. 20여 년간 덕민 스님을 만나 인생의 행로가 변했지만 전생부터 닦아온 수행자일 것이다. 3년 전 봄에 덕민 스님은 건강이 좋지 않아 종표 스님이 있는 화엄사에 가서 20여 일 머물렀다. 매일 등산하며 지리산 공기에 몸을 다스렸는데 반야봉을 바라보며 저 정기를 타고난 종표 스님이라 지리산 명물이 되었다고 생각했다.

『논어』에서 물리가 터지고 이젠 두율의 리듬과 시의 맛을 아니 감동이었다. 비로소 독서종자가 되어 함께 시 얘기를 할 수 있게 되었다. 덕민 스님이 30년 전 읽었던 두율인데 다시 자극을 받았다. 공자와 자하가 생각난다. 자하가 묻기를 "예쁜 웃음에 입술이 곱고 아름다운 눈동자가 더욱 고우니 흰 바탕에 채색을 한 것 같구나, 한 것은 무슨 뜻입니까". 공자가 말씀하셨다. "그림 그리는 일은 흰 바탕이 마련되고 한다는 뜻이다." 이에 자하가 "예는 인을 갖춘 뒤에 오는 것입니까" 하니 공자가 말씀하셨다. "나를 일깨워주는 사람은 자하로구나. 비로소 더불어 시를 논할 만하다." 네가 나를 한 수 가르쳤다는 말인데 서로 길러주는 것이 '상장相張'이라고 덕민 스님이 일러주신다.

얼마 전 덕민 스님과 종표 스님은 영화 〈님아, 그 강을 건너지 마오〉와 〈인터스텔라〉를 보았다. 종표 스님은 두 영화를 보고 울었다. 할머니가 밤에 화장실에 들어가며 무서워할까봐 할아버지는 밖에서 노래를 불러주는데 "로미오와 줄리엣보다 더 절실하다"고 종표 스님이 말했다. 〈인터스텔라〉는 우주를 살리는 것이 사랑(우리의 원래 프로그램인 인仁)이라는 메시지가 종표 스님을 눈물짓게 했나 보다.

덕민 스님은 눈물 흘리는 종표 스님의 순정함을 봄볕처럼 따사롭게 말했다. 종표 스님은 "이미 명성이 나서 어디도 숨을 데가 없는 덕민 스님"이 회주를 맡은 서울로 부산으로 전국구로 불려나가 시험당하는 것을 안쓰러워했다. 서로를 알아본 스승과 제자. 혈연보다 두터운 형과 아우로서 서로를 길러주는 두 스님. 그 사이에 피어난 법연의 만다라를 겨울에 피는 다육꽃처럼, 장자의 나무처럼 화폭에 그려보고 싶다. 🎋